CRYSTAL BUNKO

クリスタル文庫

剛しいら

花(はなおうぎ)扇

演目

カバー&本文イラスト　山田　ユギ

子別れ

桜の開花が例年になく早いとニュースで騒いでいたのもつかの間、今は薄い緑の葉が、歩道にほどよい影を落としている。本屋からの帰り道、落語家の山九亭感謝《さんきゅうていかんしゃ》こと森野要《もりのかなめ》は、桜並木の外れにある和菓子屋に立ち寄り、漆の盆に盛られた色とりどりの菓子を眺めていた。

「馬の次は鶏か」

何気なく呟くと、髪の白い店主の老人が声をあげて笑った。

「さすが、感謝師匠。粋な譬《たと》えをするもんだねぇ」

「サクラが過ぎたら、次はカシワってな。柏餅にしとくか。親父さん、二十包んで」

サクラは馬肉。カシワは鳥肉。それを桜餅と柏餅にかけている。こんな譬えを笑ってくれる大人がいるから、要はこの街が好きだった。若い店員ではこうはいかない。この親父は何を一人でぶつぶつ言ってるんだろうと、首を傾げるだけだろう。

「師匠。稽古の日ですか」

みそあんにつぶあんこしあん、ヨモギ入りなど様々な種類を混ぜて一包みを作ると、店主は手渡しながら聞いてくる。

「喰い意地の張った弟子ばっかりでね。稽古よりも、終わった後ばかり楽しみにしてやがる。いっそ大喰いタレントにでもなりやがれってなぁ」

笑顔で包みを受け取ると、要はゆっくりと自宅に向かって歩きだした。

都内なのに、小さいながらも綺麗に庭をしつらえた家がある。そんな一軒の庭先に、高くはないが柱が一本立てられていて、真新しい鯉幟がだらんとぶら下がっていた。長い間この家の前を通っているが、去年までそんなものは一度も見かけなかった。ということは育った子供が結婚して、また新しい家族が加わったのだろう。

「屋根より高い、鯉幟…。えー、屋根より高いってことは、いったい幾らするのだろうと、子供心に不安になりまして、親に鯉幟を買ってくれなんて、とても恐ろしくて言えなかった、あたしの不幸な子供時代…」

明日の寄席でこいつを枕になどと、思わずぶつぶつ呟いている。本当に子供の時は、そういう意味だと思って歌っていたのだから、笑い話にもならないと思ったが、よく考えるといいネタだった。

「師匠。感謝師匠」

家の前で呼び止められた。要は驚いて立ち止まる。その拍子に今頭に浮かんだ話を忘れてはいけない。一呼吸おいて振り返る。

「ちょうど今、お宅に伺うところでした。どうも、初めまして。私、一色《いっしき》と申しますが」

「ああ、昨日電話くれた人ね」

要は長い髪を一つに縛《しば》った、ぱっとしない一色の様子をじろじろと見つめる。ライターだと聞いたが、物書きと言われれば確かにそれらしい風体だった。

「初助《うぶすけ》師匠の評伝を書かれるとか」

「はい。そのつもりでもう何年も取材しているんですが、どうも、初助師匠は謎が多くて」

言われて要は、微かに頰を緩めた。

確かにそうだろう。弟子として二十年近く付き合った要でさえ、山九亭初助という人間は謎のままだ。本人が鬼籍《きせき》に入ってすでに一年が過ぎた今、その過去をどれだけ正確に語れる人間がいるのか、要にも分からない。

「一色さん。ま、ゆっくり茶でも飲みながら」

玄関は綺麗に掃《は》き清められていた。玄関脇に植えられた皐月《さつき》に、ピンクの可憐な花が咲いていて、客を気持ちよく出迎える。格子戸を開くと、声も掛けないのに弟子のおば九が走り出てきた。

「師匠。おかえんなさい。稽古しましょう、稽古」

「なんだよ。稽古よりもその後のおやつが目当てなんだろう。客が一緒なんだ。その前にお茶」

「…おや、また、お客様で…」

おば九のひどく落胆した様子に、一色も思わずほほ笑む。

要はそんな一色を引き入れた。

「で、師匠の何をお知りになりたいんです」

「ええ。子供時代のことを。これ、ご覧になったことありますかね」

座卓の上に、一色はセピア色の古い写真を取り出して置いた。

日本髪を結《ゆ》った、きつい感じのする美女が写っていた。女なのに裃《かみしも》をつけている。写真はカラーではないが、その下に着ている振り袖の模様や、髪に飾った簪《かんざし》の派手さから色さえも想像出来た。

「ご存じだとは思いますが、初助師匠の母親の女講談師の浮舟亭小波《うきふねていさざなみ》ですよ。その横にいるのが」

なるほど、美女によく似た顔立ちの子供が、不安そうに袴《はかま》の裾《すそ》を握って、隠れるようにして写っていた。

「へぇーっ、どこで見つけたんです、こんな古い写真。私も見るのは初めてですよ」

「ある方が亡くなって、身辺を整理した時に出たものです。僕はこれを持って、生前の初助師匠にお会いしたことがあります」

「そうでしたか」

「その時に評伝のお話をしましたが、そんなものはあたしが死んでからにしてくれって、あっさりと突っ返されましたけどね」

「師匠らしいや…」

　要はじっと子供の顔を見つめた。

　綺麗な顔立ちの子供だった。だが子供らしい無邪気さがない。写真を撮られるのは、当時としては珍しかったのだろうか。それで緊張していたのかもしれないが、四つか五つに思える子供の顔には、初助のどこか哀愁を帯びた雰囲気がすでに覗いていた。

「師匠の過去を、何かご存じですかね」

　一色は小型のカセットテープレコーダーを用意する。それを要は軽く押し止どめた。

「一色さん、残念だが、弟子入りしてからのことならなんでも話せるが、それ以前のことはこの私もよくは知らないんです。何せ初助って人は、自分のことを話のネタにさえしないような人だったからね」

「でも初助師匠と、一番長く交流があったのはあなたでしょう。感謝師匠はある意味、初助師匠にとっちゃ、息子さんみたいなもんだったんじゃないですか」

「息子…息子ねぇ。こんなひねた息子じゃ、師匠もいらねぇって」

渋茶を啜りながら、要は初助のことを思い出す。師匠といえば親も同然。弟子といえば、その言葉通りに子も同然だったが、果たして初助との間にそんな情は通っていたのだろうか。

セピア色の写真を見るように、遠い昔を思い出す。初助も自分も、まだ若いと呼べた十八年前のあの頃を。

「生まれたって。で、どっち。玉のある方。そう、良かったね。何、顔を見に来い。無茶言うなって。俺、今テレビに出てるんだぜ。忙しいんだからっ」

怒ったように言って電話を切ったが、要の顔はほころんでいた。

川越の甘味屋に嫁いでサツマイモのソフトクリームを売っている姉が子供を産んだ。結婚は早かったのに、中々子宝に恵まれなくて周囲をやきもきさせていた頃だったから、姉もほっとしたことだろう。

二つ目になって、まだまだ売れっ子というほどでもない要は、つい見栄を張って邪険な返事をしたが、すぐに甥っこの顔を見に行くつもりになっていた。

「何だ、生まれたのか」

要の部屋を自分の家のようにしている寒也《かんや》は、ごろんと横になってテレビを見ながら言う。

元は要同様、初助の弟子として山九亭を名乗っていた寒也だったが、今は家業の植木屋『広沢造園』を継いでいる。仕事のある時もない時も、惚れた要の側にいられれば幸せだと思っている単純な男だったが、今日はどうしたことかいつもの元気がない。

「ああ、男だってよ。これで扇《おうぎ》ねぇも向こうの親に顔向け出来るだろ。跡取りを産んだんだから」

「跡取りってもなぁ。分からないぜ。将来どうなるかよ」

寒也の言い方はどこか投げやりだ。男同士でそうなって、要と共に暮らすようにはなったものの、やはり世間の風は厳しい。そんな寒也の生き方を、造園業を営む父親は決して認めてはくれなかった。

かといって寒也には、親の仕事を継ぐしか今のところ道はなかった。

仕事場では毎日、父と顔を合わせる。あの優男《やさおとこ》と別れろ、嫌だと、親子喧嘩の絶えない日々が続いて、寒也の心はささくれだっていた。

「何だよ。目出度いことなんだぜ。もちっと喜んでくれてもよさそうなもんなのに…」

「そりゃまた目出度いこって」

ビールをぐっと空《あ》ける。そんな寒也の太ももを、要はばしばしと叩いた。

「んだよっ…」

「見に行こうぜ。今度の日曜」

「やめとく。一人で行けよ。どうせまた、煙たがられるのが落ちだ」

一度実家に寒也を連れていったことがある。その時に他の家族は何とも思わなかったのが、姉だけはずばり二人の関係を見抜いた。

思ったことをずばずばと口にする姉は、かなり辛辣《しんらつ》なことを寒也に言った。普段なら、なにくそっと怒る寒也が、一言も返さず項垂《うなだ》れていたのを思い出すと、さすがにそれ以上要も誘えなかった。

「分かった。一人で行くか…」

何となく気まずい空気が漂う。

要は二十六。寒也は二十三。二人ともまだまだ若い。家族というしがらみを、あっさり切れるほど大人には成り切れていない。家族もまた、若いうちだけの過ちだ、いずれ大人になればまともに結婚出来るようになると、信じているような処があった。

「ガキが出来たってことは…あれだ…」

寒也のビールを横から奪って呑みながら、要はぽつんと口にする。

「扇ねぇもやることはやってたってわけだ」

無口で朴訥《ぼくとつ》な義兄《あに》の姿を思い出す。あの熊みたいな男と、自分の姉が絡んでいる場面を想像して、思わず要は吹き出した。

「何だよ。何がおかしいんだ」

「だって…おかしくないか。身内が、そのさ、やってる場面とか考えると。恥ずかしいっていうか、おかしいっていうか」

「そんなこと言ったら、親だってやってたんだぜ。ガキの頃に見たことないか。何で親が、夜中に裸で喧嘩してんのかって…」

寒也の言い方に、さらに要は笑い声を上げた。

「裸で喧嘩っ！」

「そうだよ。お袋が死にそうな声を出してたからよ。俺、本気で親父に殴り掛かったことあるぜ」

「あーははは。寒ちゃんらしいや」

そういえば要にも記憶がある。自分の添い寝をしていたはずの母親が、夜中にそっと抜け出して、父の布団に潜り込んだ場面を、朧《おぼろ》げにだが覚えていた。

まだ幼かったから、性の意味も知らなかったけれど、母を泣いて呼び戻すことはしなかった。寝たふりを続けないといけない。母を奪われたようで寂しかったけれど、要は耐えたのだ。

翌朝になると、不思議とすべてを忘れた。いくら家族でも口にしてはいけないことがあると、教わったわけでもないのに。

「変だよな。飯食ってるとこや、風呂入ってるとこは毎日見てても何にも感じないのに、何であれだけは見たくないって思うんだか」

要は呟いてから、寒也の顔をじっと見つめた。

そういえば寒也は、以前初助と寝ていたのだ。

今では親も同然の師匠だが、その師匠の初助と、寒也が重なった場面を想像しようとしても難しい。嫉妬は不思議となかったが、それこそ身内がしている場面を見るようで、気恥ずかしさが先に立った。

「何考えてるんだよ」

急な沈黙に、寒也はまじめな顔になる。

「うん…」

言ってはいけない。親しき仲にも礼儀は必要だ。だが寒也は、要のわずかな表情の陰りを見逃さなかった。

「師匠のこと考えてるな…」

「…いや…」

「知りたいか？」

「何を…」

「どうやって師匠を喜ばせたか…」

いつもは優しい寒也だが、時には意地悪くもなった。特に今夜は、要が甥っこの誕生で浮かれているのが気に入らないからだろう。ぐっと要の体が床に押し付けられる。乱暴に服が脱がされかけた。

「寒ちゃん。今でも師匠のこと…」

お互いにその話題は避けていた。初助はどうして自分と特別の関係にあった弟子の寒也を、要にあっさりと譲ったりしたのだろう。真実に蓋をしようと努力しても、時に思いは溢れて、二人の間に黒い染みを広げる。

「俺はもう師匠のことなんざ、綺麗さっぱりと忘れたぜ。女の腐ったのみたいに、いつまでもぐじぐじと根に持ってるのは要の方だろ」

「何だってぇ。女の腐ったとはどういう意味だぁ」

「要の考えてることなんて分かるさ。何も言わなくてもな。遠慮しないではっきり言ったらどうだ。俺も男なんだから、そろそろ自分のガキが欲しいって」

「寒ちゃん。俺はそんなこと思ってないし、一言だって口にしたこたぁないぜ」

「姉さんの子供なんか見たら、欲しくなるに決まってる。要は…師匠とは違う。元々がそうだったわけじゃないからな」

性急な愛撫は痛いだけだ。

その気も萎《な》えたのに、無理矢理寒也は要を抱こうとする。おとなしくされるがままになってはいたが、要の気持ちを思いやらない行為が続いて、苛立ちはどんどん募《つの》っていった。

こんな時は悲しくなる。

目出度いことを、素直に目出度いと喜べない自分達の関係とは、いったい何なのだろう。なぜ子供を残す必要もないのに、出すものを出すためだけに、体を重ね続けるのか。

「下手くそ…」

寒也の短い髪を引っ張った。

続いて耳を引っ張った。

さらに頬を叩く。

「もちっと優しく出来ないのかよっ。この下手くそ」

「なんだとぅ！」

「師匠にもこんな風にしたのか。それじゃ捨てられるよな。師匠の方がずっと上手だから、みんなしてもらってたんだろうけど。悪かったな。俺は何も出来ない。ただ寝っ転がってるだけのマグロでっ」

一流の料理人は巧みにマグロをさばく。だが今夜の寒也は、どうやら一流の料理人ではないらしい。要を喜ばせることもなく、無理矢理その体をさらに強く開こうとしていた。

「ああ、ああ、下手で悪かったな。その下手くそな相手に乗っかられても、ひーひー泣いてるのはどなたさんだっけ」

「くそっ！」

珍しく要も本気で腹を立てていた。いつもは年上らしく、寒也が何を言っても許せたのに、どうやら二人とも疳の虫の居所が相当悪かったようだ。要は思わず強く寒也を殴っていた。

「降りろっ」

「うるせぇ。降りるもんかっ。犯すぞ、この野郎！」

「させるかっ」

色っぽい場面が、くんずほぐれつの大喧嘩になっていた。要だって男だ。おとなしくやられているばかりではない。寒也は要に余計惚れているだけに、本気で殴ることは出来なくて、最後は寒也の方が痛手は大きかった。

「出てけっ。ここは…俺の家なんだから」

肩で大きく息をしながら、要はドアを示す。たった六畳一間の借家だ。顔を見ないで済む場所もない。

「出てってやらぁ。ああ、出てくとも。出てくさ…」

ぱっと起き上がると、勢いが続いたのは玄関までで、項垂れた様子で寒也は出て行く。
可哀想だとはちらっと思ったが、要にも意地がある。
引き留めることはもう出来なかった。

要はその頃、時代劇の準レギュラーをやっていた。出番はそう多くはないが、月のうちに何日かは、京都の撮影所に通うことになる。大部屋と呼ばれるその他大勢の役者と違って、撮影所の近くの旅館に部屋を用意してくれるし、扱いも決して粗略ではなかった。大喧嘩の翌日から撮影だった。しばらく東京を離れる。どうせ顔を合わせればまた喧嘩になるのだ。撮影は会わないで済むいい口実になった。

時間が解決してくれると、要はまだ楽観していた。単純な寒也のことだ。勢いでああなったが、何日かして会ったら、何事もなかったかのように身をすりよせてくるだろう。京都土産《みやげ》の伏見《ふしみ》の銘酒まで用意して、寒也が訪れるのを待ったが、いつまでたっても寒也は来ない。さては本気でいじけやがったかと、さすがに要も気になりだした。

寒也の家に電話をすれば済むことだが、あの家では歓迎されていない。母親や手伝いの若い衆が出ればどうにか取り次いでくれるが、父親だったら声を聞いただけで切られる。

こんなことは初めてだったので、要はどうしたものかと悩んだ。

ここは自分の方が折れて、悪かったと素直に頭を下げるべきなのだろう。出て行けとは言ったが、別れるとまでは言い切っていない。

要もこのまま別れるつもりはまだなかった。

土産の酒を手に、寒也の家に行った。表から堂々と訪れるわけにはいかない。寒也の車が帰るのを待って、こっそりと呼び出して貰おうと思っていた。

昔から造園業を営む寒也の家の庭先には、まあるく刈り込まれた皐月と躑躅《つつじ》が植えられていて、蕾をほの赤く膨らませていた。鉢に植えられた牡丹《ぼたん》も、ふっくらと大きな蕾を抱いている。菖蒲《しょうぶ》はとがった葉を鮮やかな緑に染め上げ、はなみずきはもう可憐な花を開いていた。

じきに花が一斉に咲く。この庭が一年で一番華やかになる季節だ。

要は遠くからその庭先を眺めていたが、ふと真新しい鯉幟が目についた。

寒也には年の離れた妹が二人いたが、男の兄弟はいない。わざわざ寒也のために新しい鯉幟を用意したのか。それとも造園業という職業柄、季節ごとの祝いを欠かさず行っているのか、知る手立てもなかった。

その時、玄関の格子戸ががらがらと開いた。中から小さな子供が、勢いのついたボールのように飛び出して来る。半ズボン姿で、髪を短く刈り上げているから男の子だろう。

「ヒロ。どうだ、父ちゃんの車は見えるか」

「まーだーっ」

男の子は通りに飛び出しそうになって、慌てて後からついてきた寒也の親父がその袖を引いている。親戚の子供だろうか。親父はすっかり優しい顔付きになって、ヒロと呼んだ子供を抱き上げていた。

「そろそろ帰って来るぞ。今日の現場は近いからな」

通りまで出てきたので、要は慌てて近くの公園の植え込みに隠れた。

「父ちゃんが帰ったら、鯉幟をしまおうな」

「どうして、夜はしまうの」

「雨が降ったらこまるだろう。せっかくの新しい鯉幟が汚れちまうからな」

「んっ…」

子供はすっかり懐《なつ》いているようだ。おとなしく親父に抱かれたままになっている。

聞き慣れた軽トラックのエンジン音がする。窓を開けて、カーステレオを大音量でかけているから、すぐに乗っているのが寒也だと分かった。

「そうら、父ちゃんが帰ったぞ」

今、何と言った。

要は自分の耳を疑う。

父ちゃんと言わなかったか。

あの子は四つか五つにはなっているだろう。そんな年の子供がいたなんて、一度として寒也から聞かされたことはない。

「まさか…なぁ」

だがそのまさかだった。

軽トラックを駐車場に入れて降り立った寒也の許に、子供は仔犬のように走り寄っていく。

「とうちゃん、おかえりーっ」

「おう。いたずらしなかったか」

寒也は走り寄った子供を抱き上げて、ぶんぶんと振り回して笑っている。

「どうなってんだ」

要は呆然としていた。

子供が一日で出来ないことは知っている。あそこまで育つのに何年もかかるというのも知っていた。

ではいつ寒也は父親になったのだ。

要がいなかった数日のうちに、いや、要の知らないはるか昔から、寒也には子供がいたのだろうか。

子供がいるということは、当然その母親もいるのだろう。寒也は男の体にしか興味がないようなことを口走っていたが、どうして、どうして。世間一般の男達のように、しっかりとすることはしていたというわけだ。

よろよろと要は歩きだした。

泣く元気もないし、笑う余裕もない。ただ打ちのめされるばかりだ。

「どおりで会いに来ないわけだ。寒ちゃんの親父が怒るのも、ガキがいるってんならよく分かる。あいつ、何で黙ってたんだ」

親子三代の後ろ姿が、家の中に入っていくのを見届けると、要はとぼとぼと歩き出した。足下がふらつくが、ともかく一刻も早くここを遠ざかり、今見たことを綺麗さっぱりと忘れてしまいたい。

こんな時はどうすればいい。ちらっと初助の顔が浮かんだが、師匠に泣き言を言ったところで、どうなるものでもないだろう。

唯一、まともな解決策は…。

要は手にさげた酒を見下ろした。

無色透明な銘酒だけが、今は要にとって唯一の心の友だった。

東京に戻ってくれれば寄席の仕事がある。初助の世話もしなければいけないし、稽古もつけてもらわないといけなかった。する事があるうちはいい。何も考えず時間だけが過ぎていく。

夜は夜で、若手落語家だけでやっている会に顔を出したり、映画を見たり、本を読んで過ごした。いつもは寒也といるせいで出来ないことが、思う存分出来る。なるほど、初助が一人が気楽で一番いいというのは、こういうことを言うのだと思った。

それでも辛い時は、酒に逃げようとした。だが生来酒に弱く出来ているのだろう。ビールならまだしも、日本酒はグラスに一杯がようやっとだ。呑んで気分がよくなるわけでもないし、ただ眠くなって寝るばかり。

心に思い描くような、振られて傷つき、酒に逃げてる粋な男の姿、なんてものにはとてもならない。

つまりは逃げるなってことだと、要は半分も減らない酒瓶を見つめて思った。

事実を認めるしかない。

寒也には女房、子供がいる。

どうしてそのことを、これまで誰も教えてくれなかったのかは謎だが、自分ど別れて寒也が新しい家族の許に帰ったのなら、それはそれでいいではないか。

自分には落語がある。初助のように、精進することだけを心に留めて生きればいい。

『達観』

墨を擦り、半紙を取り出して下手くそな字を書くと、壁に画鋲で貼り付けた。

いい言葉だと思えた。

それだけではやはり足りなくて、その横にもう一枚張り付けた。

『精進』

これもまたいい言葉だ。

そうやって書いているうちに、おもしろくなって何枚も書き連ねる。『友情』『信頼』『努力』なんて中学生の習字みたいなものまで書いた最後に、『馬鹿野郎』と書いた時だけは思わずはらはらと涙が零《こぼ》れたが、要はそれを捨てずに窓にテープで貼り付けた。

毎日『馬鹿野郎』の文字を見ながら家を出る。この日は浅草演芸場で、昼席の出だった。日曜の浅草は混んでいる。客の入りがよければ、貰える割りもいい。慣れた様子で楽屋に入った要は、ネタ帳にさっと目を通して本日の噺を決めた。

「えーっ、鯉幟が空に舞い、じきに端午の節句でございますが、子供の日があるんなら、作って欲しい大人の日。その日は一日、大人は働かなくていいなんてね。何です。毎日が大人の日だって。そりゃああた。職安に行きなさい。こんなところで、馬鹿な噺なんぞ聞いてないで」

まだ二つ目だが、売れっ子の要が出ると、場内はどっとわく。要は華やかな笑顔を浮かべると、早速噺に入った。

「えー、お子さんは可愛いもんですが、中にはこんなガキ、失礼、お子様もいらっしゃるようで…きんぼう、あれだ、今夜はおとっつあんが昔話ってやつをしてやろう。昔々、あるところにおじいさんとおばあさんがおりました」

通の客なら、これだけで何の噺だかすぐに分かる。『桃太郎』といって、生意気な子供に、父親が桃太郎の話を聞かせるというやつだ。

「やだね、これだから最近の大人は。昔々っていったいいつ。あるところってどこ。西暦何年頃の、何県、何市ってちゃんと明確に示してくれなくちゃ。都内？　二十三区。それとも都下。八王子かいっ」

そこで客がくすくすと笑った。

要はいかにものんびりとした父親と現代っ子の子供との会話が、すれ違っている場面を軽妙に演じる。前座でも演じるような小ネタだが、やりようによってはいくらでも客を笑わせることが出来た。

噺の途中で、ふと客席が目に入った。

その男が他の客よりも、頭半分でかいせいだ。それだけではない。その男が膝に、小さな子供を抱いているのがやたら目についた。

『馬鹿野郎』の貼り紙を思い出す。

あれを書かせた張本人が、客の中に交じって要の噺を聞いている。

だからといってテンションを落とすような要ではない。意地もあって、いつもより余計に噺に熱が入った。

客席を大笑いさせ、拍手を受けて高座を降りる。若い前座が、さっと近づいてきて着替えを手伝った。ちょっと前までは、自分もこうして前座修業をしていたのに、羽織を着て高座にあがれるようになったかと、感慨深いものがあった。

洋服に着替えて外にでる。すると予想した通り、そこに寒也がおどおどした様子で立っていた。

「ようっ、きんぼうっ」

要はわざと子供に挨拶する。きんぼうというのは、落語でよく使われる子供の名前だ。

「おれ、きんぼうじゃないよ。ひろのりっていうんだ」

「そうか。ひろのりか。そりゃ失礼しました」

「お兄ちゃん、さっき着物着てた人?」

「そうだよ。落語家ってんだ」

「らくごか」

ひろのりは、前歯がやたら大きな口を開いて可愛く笑った。

「要…その、ちょっといいか」

「……」

寒也はいつになく歯切れが悪い。別れ話に子供を連れてきやがってと、要の方も最悪の気分だった。

「何だよ。俺、夜はまた用があるんだけど」

本当は何もない。ないけれど、意地がそう言わせる。

「時間、取らせないよ。ヒロを、そこの花屋敷《はなやしき》に連れて行くから」

「俺に子守させるつもり?」

「どこの子供か聞かないのか」

「寒ちゃんのガキだろ」

寒也は本当に驚いたようだ。目を丸くして要を見ている。

「何で知ってるんだよ」

「超能力」

要は歩きだした。その後をひろのりの手を引いた寒也がついてくる。

「ひろのり。花屋敷のジェットコースター、乗ったことあるか」

明るい声で、要は話しかける。

「ううん、ない」

「すげぇぞ。しっかり摑まってないとな、外に振り落とされるんだ。いきなり人様の家に突っ込んじまうんだぞ」

「やだ。おれ、のんない」

ひろのりは本当に怖くなったのだろう。腰がもう引けている。

「何だよ。男の子だろ。根性見せろ」

「こわいもん…」

「父ちゃんがいれば怖くないって。なっ、父ちゃん」

笑顔を向ける要だが、額《ひたい》の青筋がぴくぴくと動いていた。

「要…」

「よし分かった。それじゃあ、怖くないやつに乗ってよしっ」

要が許すと、ひろのりはやっと安心したのか、今度は逆に寒也を引っ張って歩き始めた。

ごみごみとした浅草の一角に、花屋敷という何ともレトロな名前のついた遊園地がある。お参りや観光に来たついでに、ふらっと寄った親子連れや、デートを楽しむ若いカップルで、小さな遊園地は混み合っていた。

幼児が一人でも乗れるような無難な乗り物にひろのりを乗せると、二人はベンチに腰掛けた。寒也は煙草を取り出し火を点ける。吸い込んで煙を吐き出すついでに、ふっと思いを告白した。

「この間喧嘩しただろ。その次の日にさ。中学時代の同級生がいきなり来てよ。あいつが、ヒロが俺の子だって…置いていきやがった」

「置いていった?」

思わず顔をあげた。

まるで落語に出てくるお人よしのはっつあんのようだ。どう聞いてもうさん臭い。それを寒也もあの頑固親父も信じたのだろうか。

「それって…」

「ああ、俺達は騙されてるんだろうな。わかっちゃいるがな。その女、仕事がないんだとよ。見つかるまで預かってくれって」

「ふーん。俺はまた、俺へのあてつけで、インスタントでお湯かけて育てたのかと思ったぜ」

要は冗談のように言いたかったが、どうしても口調には棘《とげ》があった。

「ありえねぇよ、俺の子供だなんて。だけど親父がな。すっかり信じこんじまって」

「でもすることとしたから、結果があるんだろ」

「ない。俺は中学時代から、男のけつばっかり見てた」

「ウソつけ」

「嘘じゃねぇよ。可愛い下級生のパンツ脱がせたことは何度もあるがな。女に乗っかったことは一度もない」

「だったら何だって、相手にそう言わないんだよ」

そこで寒也は、じっと要を見つめた。

いつになく真面目な顔をしている。黙って真面目な顔をしていると、寒也もそこそこいい男だ。要は視線のやり場にこまっていた。別れる準備は出来ているつもりだが、こんな寒也を目の前にするとぐらついてくる。

「中学の同窓会な。そん時にやったって、相手は言うんだよ。俺は飲み過ぎててな。記憶が…ないんだ」

「へぇーっ、そりゃ残念だったね。貴重な女との初体験だっただろうに」

「真面目に聞いてくれよ。俺がしたってんなら、責任取るのが男だろ。そう思わないか」

「そうだな…」

要は煙草を吸わない。そのせいでじっと座っているだけだと、何となく手持ち無沙汰だ。ポケットからハンカチを取り出し、意味もなく兜《かぶと》に折ってみた。要の器用な手元を、寒也はじっと見つめている。言葉はなくても通じる親密な空気が、ふんわりと二人の間に漂っていた。

「ヒロが、落語のきんぼうみたいに、こまっちゃくれたガキだったらよ。俺の子供じゃねぇって、はっきり言えたんだがな。やたら素直で可愛いもんだから、親父もお袋もすっかり気に入っちまって」

「いいじゃないか。彼女を嫁さんにして、親子で一緒に暮らしなよ。それが一番いい」

「本気でそう思うのか」

「ああ…思うよ。寒ちゃんなら、いい親父になる」

そのときひろのりが戻って来た。楽しかったのだろう。頰を赤く染めて、まだ未練たらしく今降りた乗り物を見ている。

「もう一回、乗ってきな」

寒也は硬貨を差し出した。

「いらない…」

ひろのりはじっと俯く。けなげにも我慢しているのだ。

「ひろのり。これに乗らないと次はジェットコースターだぞ」

要は轟音《ごうおん》をあげて頭上を走り抜ける、ジェットコースターを指で示す。

「なら乗る」

ひろのりは寒也から硬貨を受け取り、嬉しそうにまた戻っていった。

「いい子だな」

小さな背中を見送って、要はぽつんと呟いた。

「いい子だろ」

寒也もため息交じりで呟いた。

「親父もお袋も、彼女の話を信じたふりをしてるだけさ。本当は俺の子なんかじゃないって知ってる。けどな、夢を見たいんだろ」

「わかんないぜ。酔った勢いで、どっちかも分からずに突っ込んだかもしれないじゃないか」

「ひでぇなぁ。それが間夫《まぶ》に言う言葉かぁ」

間夫。

元は遊郭から出た言葉だ。遊女が真実惚れた男のことを言う。それが転じて、本気の相手を指す隠語になった。

寒也にとって自分は、心底惚れた相手なのだろうか。

では要にとって寒也は、どんな相手なのだろう。

「結婚しちまえばいいだけさ。それですべて問題なし。いいじゃないか。親父さんも満足するだろ」

「俺の気持ちはどうなるんだよ。要に惚れてる、俺の気持ちは」

寒也は頭を抱え込んだ。

初助ならこんな時どうするのだろう。何の未練もなく、肌を合わせた男達を捨てていける初助だったら、要の懊悩《おうのう》をまだまだ青いと笑うだろうか。

要は形よく作られた兜を手に、視線を遠くに向ける。夏を思わせる青い空に、浅草寺の境内から飛び立った鳩が、くるくると輪を描いて飛んでいた。その中を誰が飛ばしたのか真っ赤な風船が、ゆらゆらと高みを目指して上っていく。

「要は…売れっ子だもんな。山九亭金目か。テレビスターと共演したり、何軒もの寄席をかけもちしてるお前には、俺なんてもう必要ないのかもしれないけどさ」

「それは…関係ないよ」

「あるさ。俺はつまんない植木屋だ。惚れてくれなんていっても、無理なのは分かってる。共に白髪の生えるまで…なんてのが、俺の理想だったけど、うまくいかねぇな」

寒也の手が、そっと要の膝頭に置かれた。

それだけの動きが、過ぎた夜の数々を思い出させる。

二人の仲はいつまでも続くと思っていたから、思い出にする用意もしなかった。そのせいで具体的なことは何一つ覚えていない。寒也の体の重みと熱さだけが、要の体の芯まで染み込んでいたけれど。

「子供作るチャンスなんて、そうはないだろう。神様がよこしたんだと思って、あの子を大切にしなよ」

「いっそ二人で育てるか」

「お断りだ…。俺は寒ちゃんの女房には、なれねぇもん」

抱かれているからって女扱いはごめんだと、男の意地が冷たく言わせる。兄弟でもない、夫婦でもない。恋人と呼ぶほど甘くもない、男同士の関係は複雑だ。

ひろのりがまた戻ってくる。要は立ち上がり、近くの売店で小さな鯉幟のおもちゃを買った。

「ひろのり。これやるから約束しろ」

「じいちゃんに、俺もいたことは内緒にしとけ」

「なぁに」

「じいちゃんに？」

「そうだよ。じいちゃんは、お兄さんのことを嫌いなんだ」

にこっと笑った要の顔は、お兄さんと自ら言ってもおかしくないほど可愛げがあった。

「言わないから、ジェットコースター、乗らなくてもいい」

ちろっと下から見上げる顔を見て、要はさらに優しい顔をしてその頭をくしゃくしゃと撫でた。

「よし、男の約束だ」

ひろのりは鯉幟を手に走りだす。手のひらほどもない小さな鯉幟は、いきなりの風を受けて勢いよく泳ぎ出した。

「要…また、お前んちに行ってもいいかな」

寒也が囁くように言う。

「駄目だよ、寒ちゃん。俺は…そんな中途半端は嫌いだ。いい機会だ。心を入れ替えて、いっそいい親父になっちまえ」

「まさか…こんなんで終わりにするつもりかよ。そりゃないだろ」

「しょうがないよ。子供には罪はねぇもん。父親がさ。こんな男のけつ追いかけてたんじゃ、洒落にもなんねぇだろ」

要は一人で歩きだす。ひろのりが慌ててついて来たが、要は指で寒也を指し示した。

「父ちゃんとこに行きな」

「お兄ちゃんは？」

「…お兄さんは、仕事だ…」

「じゃまたね」

小さな手を精一杯振っている。要は小さく手を振った。

ひろのりは鯉幟を振り回しながら走って行く。そして寒也の足に飛びついた。無心に懐くその姿は、本物の親子のようにも見える。子供に罪はない。要は心底思っていた。

悪いのは子供を押し付けて消えた母親か。だが彼女にも、そこまでしなければならない事情があったのだろう。そう考えて納得するしかない。

すれ違う親子連れに思わず目が行く。偶然、ひろのりと女房を連れた寒也と出くわすなんてことが、この先いつかあるだろうか。

その時に笑えるのかどうか、要には分からない。出来れば一生、そんな場面には出くわしたくはなかった。

寒也と別れたのだ。

仲良くつるんでいた三年間は、思いもよらない原因であっさりと終わりになった。どうということもない。米を炊く量が半分に減っただけだ。一人で食べる食事は味気なくて、そのうち作るのも面倒になった。掃除も手を抜き、洗濯物も溜まる。部屋は汚れ放題汚れ、どんどん独身男の生活らしくなっていった。

要は一人になってみて、自分があまりまめな人間じゃないんだなと気が付いた。寒也は初助の許で前座修業をしていた時からそうだったが、いかつい男らしい外見からは想像もつかない、実にまめに気の付く男で、実質上の女房役は寒也だったのだと改めて思い知らされた。

落語家になろうなんて思うまでは、要は川越の家族の許で暮らしていたし、初助の家で住み込みになってからは、ずっと寒也が側にいた。今回、初めて独りになったのだ。

喧嘩別れしていただけの数日は、独りの生活を楽しめた。だがこれが永久に続くんだと、いざ覚悟を決めないといけなくなって、要は呆然としていた。

生きる張り合いがない。

あんな男。そう、たかがあんな男だ。場所ふさぎのでかい図体。年下の甘えん坊で、すぐにすねるくせに、時には男らしい一面を見せて、要をリードしたりもする。

夜の欲求は激しくて、三日もほっといたらどんどん凶暴化する。犬を飼うようにまめに相手をしてやり、猫を飼うように可愛がってあげないといけなくて、面倒くせぇやつだなといつも思っていたが、別れたんだと認めると、ぽっかり心に穴が空いたようだった。犬のいなくなった犬小屋を見ている気持ちだ。帰らない猫を探して、徒労《とろう》に終わって帰る寂しさにも似ている。そこにいるのが当たり前で、もはや価値さえも考えなかったものに去られて、初めて要は寂しさを実感していた。

「どうした。何かぼうっとして、覇気《はき》がないね。稽古はやめるかい」

大振りの座布団の上に正座した初助は、きちんと目の前に置いた扇子を取るのをやめて、代わりに懐《ふところ》から煙草を取り出して火を点ける。浅黄《あさぎ》色の粋な着物の襟元は、たかが弟子の稽古だというのに、びしっと合わさっていて、一つの乱れもなかった。

今日は師匠である初助に、稽古をつけて貰う日だ。落語家は真打ちの襲名《しゅうめい》をするまで、師匠に稽古をつけてもらう。襲名した後も、教えてくださいと師匠の噺を聞きに行くことだってある。

稽古の付け方は師匠ごとに違うが、初助は無駄な講釈はたれない。丁寧に噺を聞かせて、後は自分でものにしろと突き放す方だ。

「無理しなくていい。今日はもうお上がり」

「いえ、大切なお時間をいただきまして。精一杯、稽古させていただきます」

「冗談じゃないよ。そんな昼間のお化けみたいなやつに、何を教えろっていうんだ」

「昼間のお化け…」

言われてみればその通り。親子ほど年の違う初助の方が、余程血色もよく若々しい。

「灰皿…。何年、あたしのとこで修業してるんだい。昨日、今日の前座じゃないだろう」

「あっ、はい。気が付きませんで」

慌てて灰皿を初助の手元に置く。初助は煙に目を細めながら、射貫くような視線でそんな要を見ていた。

「また犬も食わない喧嘩か」

呆れたようにずばりと言う。

「えっ…あはは、どうも師匠には何もかもお見通しってやつで」

「誰が見たってすぐにばれるよ。そんなしょぼくれた顔をしてりゃあ」

「だいじょうぶです。すぐに元通りになりますから」

「で、喧嘩の原因《もと》は？　おおかた寒也がまた若い男にでもちょっかい出したんだろ」

「えへへ。いえ、もう本当にいいんです。いっそ綺麗に、もうすぱっと…。若いったって、もう限りなく若いやつが相手で。これがもうやつの子供だってんだから、笑うにも笑えないってやつで」

　普通に話しているつもりだった。

　笑い話にしてしまうつもりだった。

　なのに涙がぽたりと零れ、慌てて要は袖で拭う。

「おや、まぁ。泣いたり、笑ったり、怒ったりと、忙しい男だとは知っちゃいるが、今回のは余程深刻らしいね」

「あんなやつのことは、忘れますから…。稽古、つけてください」

「あたしに…話さなくてもいいのかい」

「話したって、どうなるもんでも…。寒ちゃんのガキだってのが、家に転がり込んで来まして、家族総動員でそいつを可愛がっている。それだけのこってす」

「女がいたのか…？　あの寒也に」

「女とか、そんなのはもう問題じゃないんです。とっても素直な可愛い子供で。あんないい子には、親が…必要ですから」

　それがどうして寒也でなければならないのか。

要は運命の残酷さを思う。他の男の家にひろのりを連れていくことも出来ただろうに、女は寒也を選んだのだ。

「本当に寒也の子供かい。体よく押し付けられたんだろう」

「そうかもしれませんが、それでもいいんです。あの家じゃ、男でも子供なら歓迎するみたいですから」

言ってからまた涙が溢れた。

あんな頑固親父に、二人の仲を認めて貰いたいとは思わなかったが、子供を疑いもせずに受け入れたのは、要への当てつけもあったのだ。親父の思い通り、要はさっさと身を引いた。

今頃頑固親父は、勝ったと笑っていることだろう。

「なんだい、めそめそと。絞りの悪い洗濯物みたいで…鬱陶《うっとう》しいったらありゃしない」

きつい口調とは裏腹に、初助の顔は笑っていた。

「そんなになるほど惚れてるんなら、さっさと取り返しゃいい。寒也のことだ。金目と別れたって、どうせまた若い男に手を出すに決まってる」

立て続けに煙草に火を点け、初助は綺麗な灰皿を汚していった。情けない弟子の様子を見て、どうしたもんかと頭を絞ってくれているのだろう。

「師匠は…俺に寒ちゃんを払い下げた時、何にも感じてなかったんですか」

「払い下げ…」

「惜しいとか…。悔しいとか…」

「馬鹿言うんじゃないよ。あたしは…男に惚れたりしない。独りが好きだからね」

「でも…」

静かな家だった。通いの家政婦以外に、訪れる人もまれだ。その家で初助はいつも、好きな三味線を弾き、ゴルフのクラブを磨き、読書や書き物をして暮らしていた。猫を膝に抱くこともなく、庭先を汚す犬もおかず、煙草と酒を友にして。

「寂しくは…ないですか」

「寂しさってのは、人それぞれだろう。あたしは…人といる方が寂しいよ」

要は思わず初助をじっと見つめた。

端整な顔立ちには、ほとんど表情という表情は浮かばない。けれど何年か共にいるうちに、要にもわずかの視線から初助の思いを読み取る力は出来ていた。

初助は寂しくないという。それは本音だろう。

人といると寂しい。それも本音だ。

「金目。人間なんてのは、起きて半畳、寝て一畳ありゃいいんだ。それが二人になったら、起きて一畳、寝て二畳が必要になる。家族なんてものが出来たら、さらに畳の数を増やさないといけない。増えるのは畳だけじゃないよ。一緒にさ。悲しみとか心配とか、憎しみも増えていくんだよ」

「でも、喜びも増えます」

「あたしは倍の喜びなんて欲しくない。自分の身一つが、楽しめればそれでいい」

要と初助の決定的な違いはそこだ。

初助だったら、しがらみなんかすべて断ち切らせて、欲しい男を手に入れるだろう。だが要には出来ない。頑固親父と嫌ってはいるが、思いもよらない子供を手に入れて、喜ぶ親父の気持ちが分かるからだ。

「たかが男じゃないか。別れるつもりならそれはそれでいい。また男でも女でも、いい相手を探せばいいさ」

「そんな簡単に…。師匠は迷わず払い下げ出来たんでしょうが、俺は…」

「男なんて刺し身の舟盛りと一緒だよ。大勢でつまむか、一人がつまんで喰い残すか。あたしとお前は、同じ舟盛りをつまんだが、その後残った刺し身を、誰がどう食べようと勝手じゃないか」

「舟盛り…」

突然要の脳裏に、以前料亭で見た、女体に刺し身を乗っけた女体盛りというやつが浮かんだ。その女体が、いつか寒也のがっちりとした裸体に変わる。寒也の体に盛られた刺し身を、初助と要が喰っている。

「うう…む…男体盛り」

想像するだけで笑える。耐え切れずに要は、ついに声を出して笑った。

「真ん中のミル貝は、切らずにそのまま一本食いとか」

ミル貝とは、伸びた状態が男性の性器そっくりになる貝のことだ。その譬えに、初助も思わず頬を緩めて笑う。

「サビをたっぷりつけて置いておくといい。金目を泣かせた罰さ」

「サビ…ねぇ」

なにげない言葉の奥に、深い意味がある。ワサビと寂しさを、初助は巧みにかけたのだ。

「どうせ一人なんだろう。だったら金目。しばらくここにいなさい。手の空いた時に、稽古をつけてあげるから」

「師匠。いいんですか、その、色々と」

「余計な心配はしなくていい。そんな暗い顔して、高座に上がるんじゃないよ。お前の売りは、やたらいい愛想と笑い顔なんだから。舟盛りの心配する暇があったら、自分の芸を磨きなさい」

気を取り直して、初助は扇子を取る。

要はまた新たに湧き上がった涙を、袖でぐいっと拭った。

何だ。独りがいいなんて、突っぱねるくせに、結局は初助も優しいんじゃないかと、嬉しくなって泣けてくる。一人でいると、暗くなっていくばかりの要を助けてやろうと、初助は初助なりに気を回してくれたのだ。

「それじゃ今日は『子別れ』をやろうかね」

「師匠。そりゃあんまり、洒落がきつすぎます」

要は悲鳴をあげた。

「なんだい。今だったら、噺の中身がよく分かるだろう。芸人は転んでも、ただで起きたらいけないんだよ。道端に落ちてる百円を、人より先に拾って起き上がるくらいでなくっちゃ」

「だからって、今、『子別れ』って…」

要の嘆きを軽く無視して、初助はとうとうと話し出す。

遊び人の大工には、ちっちゃな子供に働き者の古女房がいる。けれど男は遊郭に通い続け、しまいには女房子供と別れて、馴染みの女と暮らし始める。だが女との生活はうまくいかず、心根を入れ替えまじめになった男と、別れても独り身を通していた古女房の間を、子供が取り持つという噺だ。

「きんぼう。何だって、そんなおあしを持っているんだい。おっかさんは、いつも言ってるだろう。どんなに貧乏していても、人様の物に手を出したらいけないって。ええ、情けない」

初助が演じる女は、いつだって完璧だ。縫い物をしながら、子供を必死で育てる母親の、真摯な姿が胸を打つ。

どうして同じネタなのに、初助が口にすると映画を見ているような、臨場感を覚えるのか。初助が名人の域に差しかかりつつあるのが、これでよく分かる。決められた台詞《せりふ》、約束された落ち。誰もが知っている噺なのに、初助はまったく新しいドラマのように、その世界を演じてみせる。

「知らないおじさんに貰った…。嘘をお言いでないよ。知らないって、そりゃ知ってるおじさんだろう。うん、父ちゃんとも言う」

無垢《むく》な子供と疲れた女が、今、初助の中に同居している。

要は自分も落語家の端くれであることを忘れて聞き惚れた。

何という贅沢だろう。山九亭初助の至高《しこう》の芸を、今、要は独り占めして堪能しているのだ。

子供は父親と待ち合わせた鰻屋へ、母親も連れていく。そこで二人を、再び引き合わせるのだ。

その場面で、思わず要は泣いていた。

教訓めいた古びた噺だ。だがなんとわかりやすいのだろう。本を読むこともない無学な人間でも、この噺の言おうとしていることは伝わるはずだ。特にこんな名人にかかったら、深く心に染み込むだろう。

「金目。終わったよ。お茶だろ。どうした」

稽古の後はお茶を出す。初助好みの、熱すぎない渋茶だ。

けれど要は立てずにいた。

確かに初助の言う通りだ。舟盛りの行方を心配するより、芸に精進すべきなのだ。

今の要のように、噺を聞いた誰かをいつか泣かせるために。

「まいったね、湿っぽくていけないや。金目。どうしてあたしが、女と寝ないか分かるかい」

「いえ…」

「女を抱けば、いずれ子供が出来る。あたしは…子供が嫌いなんだ」

手拭で顔を拭いながら、要はじっと初助を見た。

「…そうなんですか…」

「ああ嫌いだ。普通の男はね。残すもんが何もないから、子供や金を残すのさ。あたしは芸を残せるから、何も必要ない。死ぬ時の、畳一枚あればいいさ」

「その時は、俺に死に水取らせてください」

「いらないよ。お前は泣いたり、叫んだり、うるさくって適わない。あたしは静かに死にたいよ」

「でも俺にとっちゃ、師匠は親ですから」

「初助はお前の師匠だが、死ぬのはただの一人の男さ…。義理なんて考えるんじゃない」

初助はつまらなそうに言う。だが機嫌を悪くしてはいなかった。

「男相手は楽だ。どんなに抱かれてもさ。孕《はら》む心配はしなくっていいだろ。楽しいばっかりで」

艶めいた様子で初助は笑う。

ここ何日、そういうこととは無縁の要は、その一言で思わずぶるっと全身を震わせてしまっていた。

前座修業を、一からやり直すつもりで初助に仕えた。朝の掃除に始まり、昼の稽古。寄席にも出来るだけついて歩いた。

初助は冷たい人間だと思われがちだ。けれど決して冷たいだけではない。確かに厳しいのは厳しいが、理に適ったことで厳しく躾けられているのだから、有り難いと思わないといけないのだ。

「今夜は出掛けるよ」

珍しく初助が、洋服を取り出している。夜でも宴席に呼ばれる時はたいがい和服だ。それが今夜はシルクの薄手のシャツに、黒のズボン。千鳥格子の小粋なジャケットを着て、アスコットタイを首に巻いていた。

「何です、師匠。そんな格好されると、俺、何着てついていったらいいんですか」

「あたしのスーツがあっただろ。金目は少し痩せたようだから、着れないこともないんじゃないか」

とはいえやはりきつかった。要は諦めて、家に戻ってサラリーマン時代に着ていたスーツを引っ張り出し、急いで着替えて約束の場所に出向いた。

待ち合わせた料亭に、すでに初助は来ている。目の前に座る男と、何やら親密な様子で話し込んでいた。スーツ姿の髭を生やした大柄な男だ。顔付きは日本人だが、話す時の動きがやたら派手で、どうも外国人のような印象を受ける。

「まさか…新しい男かぁ」

要は逃げ帰りたい気分だった。

どうりで最近の初助の血色はいい筈だ。見るからにエネルギッシュな、あんな男を喰っていたのだろうか。

「遅くなりまして…」

逃げるわけにもいかない。要は静かに近づくと、ちらちらと男の様子を見ながら、末席についた。

「弟子の山九亭金目です。テレビの時代劇にも出ておりまして。金目。こちらは小野さん。プロモーターなさってる」

「初めまして。結構な御席に呼んでいただきまして、ありがとうございます」

紹介された男は、まぁどうぞと要にも酒を勧める。近くで見ると、結構年がいっているのが分かった。もしかしたら初助よりも年上かもしれない。若い男好きな初助にしては珍しいと思ったが、もしかしたら本当に仕事の話だけだったのかと、要は襟を正した。

「ハワイとロスアンジェルス。それとニューヨークの日系人相手に、小野さんはショーを企画されてるんだ。日舞や和太鼓、それに交じって落語も入る。どうする。ついて来るかい」

「ハワイ…って、アメリカですか」

　ぷっと小野は吹き出すと、続けて大きな声で笑ってみせた。全身を揺する派手な動きから、外国暮らしの長いことが想像出来る。

「えーっ、師匠、いよいよ海外進出ですかっ」

「まったく、馬鹿だねぇ。海外進出じゃないだろう。あちらには移住されたまま年を取ったお年寄りが大勢いる。そういう人達に、日本情緒を楽しんで貰おうって、そんな企画だよ」

「しかし師匠も、まぁ、次から次へと新しいことを」

　要のようにタレントとしてテレビに出たりはしない初助だが、落語に関する企画には積極的に出て行った。

「アメリカ。アメリカかぁ。あっ、俺、パスポート、持ってないや。いやぁ、いいですね。ははは、アメリカ」

　ここのところ沈みがちだった気持ちが、ぱっと明るくなった。元々乗りやすい性格の要だ。おもしろいことには、すぐに首を突っ込みたくなる。

「いや、いいですね。あっ、でも、俺、英語からきし駄目だ。師匠は、ハウ・ユー・スピーキング？　なんちって」

すっかり浮かれている要を、初助は呆れたように見守る。

「スタッフがついていますから、何の心配もありませんよ。飛行機もファーストクラスをご用意します。ホテルも一流で」

魅力的な低音で、小野は答えた。

「師匠もお一人じゃ何かと不自由でしょう。あなたのように楽しい付き人がいらしたら、気難しい師匠も、少しはご機嫌になってくれるかもしれない」

にこっと笑った髭の口元を見て、要は瞬時に、何だ、こいつも結局は師匠に喰われたなと悟った。

食事を終え、河岸《かし》を変えた辺りから、小野の遠慮は姿を消していった。初助をレディのように扱っている。日系二世だと言っていたが、日本語は巧みでもどこかやはり日本人と違っている。感情には素直で、隠すとか忍ぶなんてことはしないらしい。

六本木の何やら怪しい雰囲気のクラブに連れて行かれ、小野が席を外した隙に、要は初助の膝を思わず叩いていた。

「師匠。どうしたんです。日本情緒の代表みたいな師匠が、何だってあんなステーキを食ってるんですか」

「人聞きの悪いことを言うもんじゃないよ。何がステーキだい」

「だってありゃ、どうみても…」

日本人の血を持ちながら、やたら恰幅がいい体型をしている。足も長く、堂々としている様子は、マフィアの幹部みたいだ。要は遠くに立つ小野の様子を見ながら、眉を顰《ひそ》めた。

「仕事のためですか。それとも喰ったら、相手がたまたまプロモーターだったとか」

「何だい、いきなり小姑《こじゅうと》みたいに。お前は舟盛りの行方でも心配してればいいだろう」

初助は心外そうに言う。

「しかも年上…でしょ。いい年の親父、喰ってどうすんです。あいつ、腹上死しなきゃいいけど」

アメリカに行けると単純に喜んでいた要だったが、浮かれた気分は引っ込んでいた。そして気が付いた。どうも自分は、母親の再婚相手にけちをつける、息子の気分になっているのではないかと。

「師匠だったら、まだまだ若いいい男が引っ掛かるのに…」

「まったく、いつからお前は、あたしにそういう口が利けるようになったんだい。若造のお守りはもうこりごりだ。たまにはあたしも楽をしたいよ」

「楽って…そんな基準で男を選ぶんですか」

「大人の男だよ。いいじゃないか。面倒がなくって」

「師匠…」

小野が戻ってきた。続いてウェイターが最高級のシャンパンを運んでくる。どうやら小野は、この店で出せる最高級のものを、初助のために交渉していたらしい。

「和服姿の師匠も美しいが、こういったスタイルでもあなたはエレガントだ。あなたに相応しい物を探すのは大変だ。気に入っていただけたらいいんですが」

表面上は、ショービジネスの話をしている。だがその合間、合間に、恥ずかしいほどのでれんとしたその口調に、要は思わず痒いっと叫びそうだった。

笑える。どんなネタよりもこれは笑える。必死に笑いを堪えていた要は、こんなおもしろい話を、真っ先に聞かせたい男のことを思い出していた。

寒也だけだ。身内の師匠の話を出来るのは。名人に達した初助が、私生活では男を喰っては栄養にしているなんて、他の誰にも話すことは出来ない。

家に帰ると寒也がいる。朝の早い寒也はもう寝ている。一つしかない布団に潜り込みながら、要はおもしろかったことを、寝ぼけた寒也の耳に吹き込むのだ。いい加減に聞き流す時もある。だが話がおもしろいと寒也は起き出して、要の体を優しく愛撫しながら話の続きをせがんだ。

セックスだけで続いていたわけじゃない。初助が男を喰うのとは違う。初助は残った料理を見向きもしないだろうが、要は残った物が捨てられ、鳥についばまられるまで見ていないと気が済まないのだ。

いや、本当は刺し身のツマまで、残さず綺麗に食べたかった。最後何もなくなるまで、食べ続けていたかったのだ。

小野はこの店では顔なのだろう。次々と客がテーブルに挨拶に訪れる。そのうちの何人かは居座り、仲良く呑み始めた。外国人もいる。小野は英語を話すし、初助も簡単な会話はこなしていた。

要だけが何も分かっていない。一人金髪の青年がいて、やたらと愛想がいいのは分かったが、何を言われているのか、返事は曖昧に笑ってごまかしていた。

すると見かねた初助が、要の耳元に口を寄せて囁いた。

「彼はお前が気に入ったとさ。どうする。洋物のオードブルを喰ってみるかい」

「……」

「ちょうどいい機会じゃないか。そろそろお前も、することしたくて、落ち着かなくなってるんだろう」

要はいきおいよく立ち上がる。しまったと思ったがもう遅い。注目を一身に浴びてしまった。

逃げたい。

走って今すぐこの場から逃げたい。

けれどそれは許されないとしたら。

「芸を…やります…」

意味もなく突然、要は鶏の物まねを始めた。得意な芸なんてそんなにあるわけでもないが、最近自分でも受けるなと思っているのが、この各国語で鳴く鶏の芸だ。

「まず日本語でコケッコッコー」

それが段々と英語風になり、フランス風になり、韓国風、中国風と続いていく。酒席の大半を占める陽気なアメリカ人は、テーブルを叩いて大受けしていた。もちろん例の金髪の青年も。

初助はまたもや呆れて要を見上げていた。土壇場《どたんば》になると、おかしな行動を示すのは昔っからだが、それを知っている初助でさえも、呆れるような芸なのだろう。

席を沸かせるだけ沸かせた後、要はそっとトイレに立つふりをして初助を呼んだ。

「師匠。今夜はこれで、敵前逃亡を見逃してください」

「どうしたんだい。相変わらずおかしな男だね、お前も」

「俺には…オードブルは…喰えません」

「そんなことは分かってるよ。だったらさっさと舟盛りを平らげに戻ったらどうだい。日陰者の女みたいに、身を引くなんてお前らしくないよ」

ステーキを喰っていても、シャンパンを呑んでいても、やはり初助は初助だ。

そこがまた要とは違う。

要には喰い慣れない物を、平気で喰えるだけの自信はなかった。

「何もかもあたしの真似をすることはないんだ。芸は盗んでいいがね。生き方まで盗むことはない。お前には独りなんて似合わないんだ。まだ寒也を嫌ってないんなら、自分の気持ちに正直におなり」

「師匠…」

「寒也にとっちゃ、今のお前はまぶしいばかりだ。自然、遠慮もするようになるだろう。追いかけて来なくなったからって、それで寒也の愛情を疑ったら駄目だ」

「…師匠…」

初助は親でもなんでもない。だが今の要にとっては、親以上の存在だった。

誰が今の要に、こんな真摯な言葉を聞かせてくれるだろう。

初助だけだ。初助だけが、男を愛した要の苦しみを理解してくれる。

「粗食家のお前には、あの程度がお似合いだよ。子供がいたっていいじゃないか。二人、父親のいる子供だと思わせれば」

「二人の父親…」

では初助は、要の二人目の父親だ。いやもしかしたら、二人目の母親なのかもしれない。それとも姉だろうか。

やはり初助は師匠だ。芸の師匠でもあり、生き方の師匠でもある。

「さっさとお行き。じきに始発が出るよ。あちら様には、鶏は夜明けなので仕事に戻りましたと伝えておくから」

「ありがとうございます」

まだ喧噪の続くクラブを出て、要は外に飛び出した。

まだ夜の名残はあって、空は薄い藍色のままだ。気の早い鳥が、時の声を鶏よりも早くにあげている。もっともこんな都会には、鶏のいるはずもなかったが。

早朝の公園に、人影はなかった。要は缶コーヒーを手に、道路を渡った先にある『広沢造園』の看板を見つめる。仕事用の軽トラックも、普段乗っているシビックも停まっているから、まだ寒也は家にいるのだろう。

自分から別れを切り出しておきながら、何をいまさらだ。どう話したらいいものか、要は頭を悩ませる。

勇気がない。人前で芸をするように、簡単には自分の本心を晒《さら》せない。男とは厄介なもんだと、しみじみ実感していた。

すると玄関が遠慮がちに開いた。まだ薄暗い戸外に、小さな体が飛び出して来る。教えられたのか、通りを渡る時だけはしっかりと回りを見回していたが、車が来ないと知ると急いで公園目指して走って来た。

ひろのりだ。ここに要がいることを知っているのだろうか。手には、以前花屋敷で買ってやった鯉幟を握っている。

節句は終わり、庭先から柱ももう消えていた。なのにひろのりは、まだ鯉幟を握り締めているのだ。ふと要は、寒也がこの子を追い出せなかった気持ちが分かったような気がした。

どこか寂しげな処がこの子にはある。

無理もない。母親に置き去りにされたのだ。けなげにも寂しさを悟らせまいとしているが、見知らぬ他人の家にいきなり預けられ、そこでいい子でいようとするのは、辛いものがあるだろう。

寒也だったら、そんな子供を放ってはおけない。見かけよりもずっと優しい男だ。要との問題は後回しにしても、子供の平和な生活を選んだだろう。

「よう、きんぼう」

「あれ、お兄ちゃん。何してんの」

「きんぼうは」

「ひろのりだよ」

「知ってるよ。わざとだ」

パジャマのままのひろのりは、ベンチに腰掛ける要の横に座った。そして鯉幟を振り回して、風に泳がせてみせる。

「内緒だよ…。かあちゃんが迎えにくるんだ」

「かあちゃんが?」

「うん。いい子にしてたら、かあちゃんが迎えに来るんだ」

「ここに来るのかい」

「ここだよ。ここだって言ったもん」

鯉幟はいつかだらりと下がっていた。ひろのりは地面に届かない足をぷらぷらさせている。その顔には涙はなかったが、子供らしくない深い悲しみが浮かんでいた。

「じいちゃんやとうちゃんがいるだろ。ばあちゃんもいるし。もうかあちゃんはいなくってもいいんじゃないか」

「…そんなこと…ない」

子供に対して、残酷なことを言ったと要は反省した。そこで慌てて、ひろのりにも分かるように言ってやった。

「かあちゃんは来るよ。きっと来るさ。仕事がな。まだ見つからないんだろ。もうちょっとだ。いい子で待ってな」

「うん。お兄ちゃんは、仕事なの」

「仕事は終わった」

「ふーん。仕事、行く人のかっこだね。今日は着物は着ないの」

「着物は高座って、落語をやる時だけだ。それとお兄ちゃんな。着物着て、テレビにも出てるんだぜ」

「うそだぁ」

「殿様侍って時代劇でな。魚屋やってんだ」

「とのさま…ざむらい」

ひろのりはようやっと明るい顔になった。

早朝、まだ誰も起き出さない時間に起きて、公園で一人母親を待っている。そのいたいけな様子に、涙もろい要は思わず目頭を拭っていた。

「ひろのり。とうちゃんは元気か」

「うん…」

「大きくなったら、とうちゃんには気をつけろよ。あいつ、若い男が好きだから…って、ガキに言ってもな」

ひろのりはベンチから降りると、砂地の地面に絵を描き出した。鯉幟を描いている。余程鯉幟が嬉しかったのだろう。

「お兄ちゃんな。とうちゃんを待ってるんだ。ひろのりがかあちゃんを待ってるみたいに…」

「とうちゃんなら寝てるよ。呼んで来る？」

「いいよ…」

とは言ったものの、子供にも分かるほど要の声は会いたいと言っていたのだろう。ひろのりはさっと立ち上がると、また道路の車を確かめて、勢いよく走りだしていた。

「あんな可愛い子供残して…。何してんだろうな、母親は」

中学の同級生だと言っていたが、彼女は中学時代の寒也を好きだったのかもしれない。あの性格を知っていて、この人なら大丈夫だと子供を預けたのだろう。

何事もいい方に解釈する。そんなに世の中、甘いことばかりじゃないと知ってはいるが、人情がなくなったらこの世は終わりだと信じる要には、そう思うしかなかった。

辺りが明るくなって来る。要は締め馴れないネクタイを緩めた。爽やかな風が吹き始めた。地面に残された鯉幟は、待っていた風に泳ぐこともない。

「大きな真鯉は、お父さん…か」

ひろのりの描いたメザシのような鯉幟は、どれもみんな同じ大きさだ。父親を知らずに育った子供には、父親の真鯉が大きい意味は分かるのだろうか。

「何だよ。いよいよ転職か。スーツなんて着やがって」

顔をあげなくても誰かは分かる。

その声は寒也だ。

「転職するかなぁ。それもいいかもな。それよりさ。笑える話。もうおかしいんだよ。師匠ったらさ。今度はステーキだぜ」

「何だ、ステーキって」

要は腰をあげた。

Tシャツによれたジーンズ。煙草を咥え、踵《かかと》を潰したスニーカーを履いている。髪はぼさぼさで、髭も剃っていなかったけれど、やはり寒也は寒也でいい男だった。

「そんな話をしに、わざわざ来たのか」

「そうだよ。いけないか。誰にも出来ないだろ。師匠の男の話なんてさ」

「それもそうだな」

寒也は要の横に自然に座った。何日も会わなかったのに、不思議とついさっきまで一緒にいたような気がする。家族と同じだ。何年ぶりかで帰っても、自分の家はそのままでそこにあるのと同じだ。

「ひろのり、一人で出て来たぜ。誘拐でもされたらどうすんだよ」

「知ってる。ちゃんと家の中から見てるからだいじょうぶだ」

「何だ…見てたのか…」

「見てたよ。スーツ着てたからな。ひろのりの本当の親父かと思って様子見てたんだ。そしたら何よ。着物のお兄ちゃんだって」

「車が来るだろ。一人じゃ危なくないか」

「いいんだ。母親が…ここを出てったのがこの時間なんだ。だからあいつ、毎朝必ず早起きして公園に行く。あれはあいつの儀式なんだろ。俺達に邪魔する権利はねぇよ」

「おっ、寒ちゃんが珍しく難しいことを言ってる。今夜は大荒れだ」

要はわざとふざけてみせる。寒也は笑って車の鍵をポケットから取り出した。

「送るよ…」

「いい。顔を見たらほっとした。バスももう出てるから」

「意地張るなよ。来てくれただけで俺は嬉しいよ。本当はな。要にむしゃぶりつきたい気分なんだぜ。それを…あんまりつれなくするな」

「悪かった。でも送られたりしたら…」

「やけぼっくいに火がつくか」

「もうついてる…」

潤んだ瞳で、要はじっと寒也を見つめた。寒也は照れたように笑っているだけだ。わずか数日離れている間に、妙に大人びて見えるのはひろのりのせいだろうか。

「俺は一生かけて、舟盛りを平らげるのが似合ってるんだ。師匠みたいに、鰻もステーキもと、続けて喰い散らかすなんてとても出来ない」

「何だよ、またいきなり。何の話だ、さっきから」

「寒ちゃんが舟盛りだって話さ」

「舟盛り？　まぁさしみのツマ扱いよりはましか」

二人は静かに笑った。

寒也は立ち上がる。

「車出すから…待ってろよ。逃げずにさ」

「うん…。逃げないよ。逃げる所ももうないさ」

いつになく静かに車はスタートして、駐車場を後にする。

頑固親父が血相変えて飛び出して来ないかと冷や冷やしたが、その心配もなく、要は無事に助手席に忍び込んだ。

帰った家は、惨憺《さんたん》たる有り様だった。そういえば着替えを取りに戻った以外、ほとんど家に帰っていない。ずっと初助の家に泊まりこんでいたからだ。

「要。泥棒にでも入られたのか」

「いや…」

「それにしちゃ…こりゃ、あんまりにもひどくねぇか。あっ、何だよ、飯の茶碗、これいつのだ。飯粒がこびりついてがびがびになってんじゃねぇか。んったく、俺がいないと何にも出来ねぇんだから」

　寒也はばたばたと掃除を始める。口では罵《ののし》りながらも、その顔は嬉しそうだ。

「布団も敷きっぱなしで。おい、パンツくらいは洗ってるんだろうな」

「寒ちゃんがいないと、俺、何にも出来ないんだ…」

「まったくよぅ、ファンがこんな姿見たら泣くぜ」

「ファンなんてどうでもいい。俺は…寒ちゃんが…」

　くるりと寒也は振り向く。そして手にしたゴミ袋をほうり出し、いきなり要を強く抱き締めた。

「要…。この馬鹿がっ」

「寒ちゃんだって馬鹿野郎だっ。俺を何日もほうりっぱなしにしやがって」

寒也の胸を叩く。その腕はいつか寒也の首に回され、顔を引き寄せていた。

「いいか。ひろのりが大きくなって、俺みたいに可愛くなっても、絶対に手を出すなよ。約束しろっ」

「自分の息子かもしれないのに、手なんか出すか」

「わかんないぞ。寒ちゃんのこったから」

「だったらそうさせないように、しっかり要が相手しろよっ」

勢いづいた二人は、どっと敷きっ放しだった布団の上に倒れ込む。そのまま互いの服を奪うようにして引きはがし、何日ぶりかで体を貪《むさぼ》りあった。

「別れてなんてやるもんかっ」

要は叫ぶ。

「言ったな。二度と別れるなんて言うなよっ」

寒也も叫ぶ。

これでは喧嘩をしているのか、愛し合っているのか分からない。しばらく静かになったのは、唇が重なっているせいで、それから後は要の声はほとんど意味のないうめき声に変

わっていた。

「サビが効いてらぁ」

痛くなるくらい、堅く充実したものをねじ込まれて、要は思わず呟く。

「何をごちゃごちゃ言ってんだよ。くそっ、声も出ないくらいに可愛がってやるぜっ」

寒也の攻めは一段と激しさを増した。どちらも飢えていて、楽しむ余裕なんてものはない。十代がするような慌ただしい行為だったが、それでも終わった後は言葉に出来ない満足感に包まれていた。

今頃初助は、ステーキを喰って満腹になっている頃だろうか。

要は二人の絡みを想像して、親の行為を目撃した子供のようなばつの悪さを感じていた。だが初助がどうやって男を口説き落とすのか、一度こっそりと見てみたいとは思う。ステーキを喰うためには、焼き方はレアでなんて約束ごとを言うように、それなりの落とし方があるのだろう。

初助の喰い残しの舟盛りで、要は十分満足だが、好奇心は抑えられない。自分の子供に、学校で教えるような性教育をする親はいるが、テクニックまで披露する親はそうそういるものではない。

初助なら教えてくれるだろうか。要にとっては、生涯役に立たないテクニックだとしても。

朝日が窓から射し込む。その明るさに、要は慌てて抱かれていた寒也の腕をほどいた。

「いい天気だぜ。寒ちゃん、仕事は」

「ほっとけ、そんなもんは。久しぶりにいい雰囲気なんだからさ。そんなつまんないこと思い出させるなって」

「でもあのくそ親父が…」

今頃頑固親父は、寒也の逃走に気が付いているだろう。まずいと思ったと同時に、電話がジリジリと鳴り出した。

「ほら、なっ」

「何だよ、要。また超能力か」

寒也は起き出していって受話器をむずと摑む。

「はい…」

『おいっ、優男。そっちに馬鹿野郎が行ってるだろう。さっさと出しやがれっ』

離れていても聞こえるほど、親父の声は大きかった。

「俺が馬鹿野郎だ。何だよ、くそ親父」

『てめぇっ、ちょっと気を抜いたら、またそんなとこに行きやがって。すぐに戻って来い』

「るせぇっ。惚れたもんは、惚れてるんだ。俺は好きにするかんなっ」

『そんなこと言ってる場合か。ヒロの母親が連れ戻しに来たぞ。どうするつもりだっ』

「どうするって…。返してやりゃぁいいじゃないか」

『おめぇ、この薄情者。優男のけつがそんなに大事か』

「ああ大事だ。ヒロには本当の母親がいるんだ。しばらくいい夢見たと思って、諦めやがれっ！」

がしゃんと寒也は受話器を叩きつけた。

その背中が震えている。

やはり寂しいのだ。

「寒ちゃん。急いで戻んなよ」

「いいんだ。今戻ったら、泣いちまうだろうから」

「どうして。泣いたっていいじゃないか。あんなに可愛がってたのに」

「どんなに可愛がったってさ。あいつにとって本当の親はかあちゃんだけさ。呼べって言われたから、とうちゃんとかじいちゃんて呼んでくれてたが、あいつにとっちゃ、太郎でも花子でも一緒なんだよ。親を意味する言葉は、かあちゃんしかないんだ」

寒也は再び布団の中に潜り込むと、要をそっと抱き締めた。

「俺だってそうさ。親父もそうだ。ガキが欲しかっただけだ。ひろのりが欲しかったんじゃない。そう思うだろ…」

「引き取ってやればいいのに。いい子じゃないか」

「いい子だよ。俺を起こしに来た時、何て言ったと思う…。じいちゃんに見つかると、お兄ちゃんが怒られるから、こっそり行くんだよだとさ。五つのガキがよ…」

　寒也は目頭を拭う。

　犬や猫でも、三日も飼ったら情が湧く。ましてやあんなに可愛い子供だ。寒也は辛いだろう。

「俺の子だったらなって思うけどよ。違うんだ。ずっと以前にな。彼女に告白された時、つまんねぇ約束してよ」

「好きだって言われたんだ？」

「うん。その時、正直に言ったんだよ。男のけつにしか興味ないって。その代わり、もしこまったことがあったら、絶対に力になってやるからなって。俺は忘れてたけど、あいつは覚えてたんだな」

「そんな約束するからだ」

　要は寒也の頭を抱いて、自分の胸元に持っていく。乳房もない平らな胸だが、そこに寒也の安らぎがあるような気がした。

「ねぇ寒ちゃん。ひろのり見てると、師匠がガキの頃って、こんな感じだったかなって思ったんだ。大人にとってはいい子だけどさ。本人はいっぱい無理してる。けなげにそれを隠して…」

「言うなよ、それ以上。泣けるから」

寒也は要の胸の中で、ずずっと鼻をすすっている。要は違う目的で用意されていたティッシュを取り出し、その顔を拭ってやった。

「元気だせよ、寒ちゃん。おもしろい話、聞かせてやるから」

「何だよ…こんな時に」

「ステーキ」

「またそれか」

「だって笑えるぜ。あなたのようにエレガントな人に相応しい…」

言いかけて要はふと口をつぐんだ。

公園で母親を待っていたひろのりの姿に、なぜか初助が重なったのだ。

独りがいいと初助は言う。けれど初助だって、来ない誰かを待っていた時代はあっただろう。それがいつまで待っても来ないと知って、諦めたのだろうか。

大人になって、諦めたことさえ忘れただろうが、それでも初助の中には、裏切られた子供がいる。

その哀れな子供は、今もまだ帰る場所もなく、心の中の公園で立ち尽くしているのだ。

「師匠。ただいま帰りました。あれ、九ちゃん。そこで何してんの」

勢いよく玄関を上がってきた甥の櫻二《おうじ》は、茶の間の入口で立ち止まる。

「いえね。師匠にお客様で、稽古がまだなもんですから」

「師匠。お邪魔します」

櫻二の後から、玄関できちんと履物を揃えた喜久が上がってくる。ただいま売り出し中の漫才コンビ、フラフラの櫻二と喜久《よしひさ》は、下宿先の要の家を稽古場にしていた。

「師匠。九ちゃんが、涎《よだれ》垂らして泣いてますが。もしかして腹減らしてるんじゃないでしょうか」

喜久は穏やかな声で、一番おば九が言いたいことをずばりと言ってくれた。

「ああ、もう鬱陶しいなぁ。分かった。みんなここで一緒におやつだ。まったくよぅ。小学生のガキみたいに」

一色はそんな要の様子を見ていたが、微笑を浮かべた顔で、手にしていた何枚かの初助の写真に再び目を落とす。

「すいませんね、一色さん。どうも、こう賑やかで」

「いえ。いかにも噺家のお宅らしくていいですよ。そちらはフラフラの櫻二君と喜久ちゃんでしょ。最近話題の現役高校生漫才の」

「ネタで売れないもんだから、高校生ってだけで売りやがってね」

要は笑いながら、柏餅の包みを開く。すると脱兎《だっと》のごとくという言葉がぴったりの速さで、おば九は座卓の前に座った。

「あれですね。初助師匠は生涯独身で、晩年は寂しい様子だったが、同じ独身でも、師匠のとこは、何かこう賑やかで」

「いえ。初助師匠はあれで別に寂しくはなかったんです。人との距離の計り方が私達と違うから、寂しい人のように思われがちだが、あれで中々、豊かな人生だったと思いますよ」

「ほう。その辺り、ぜひ詳しくお聞きしたいですね」

一色は思わず身を乗り出す。その手にある写真を、要はちらっと見た。

若い時の初助の写真だ。水も滴るなんて表現では飽き足らない美しい男が、物憂げな表情で遠くを見ていた。

要の知らない初助がそこにいる。

「やめときましょう。下手なこと話して、師匠に枕元に立たれでもしたらぞっとする」

「そうおっしゃらず」

「いや、師匠は評伝なんか出されるより、一枚のCDを聞いて貰う方が嬉しいんじゃないかなってね。子供は残さなかったが、芸は残せた。それで満足したような人です。いいじゃないですか。どう生きたかなんて分からないままでも」

「やはり無理なんでしょうか。この写真がね。あまりにインパクトが強くて、どうしても書きたかったんですが」

再び写真を受け取った要は、小さくあっと叫んだ。

何年か前、この少年とそっくりな子供に出会ったことを思い出したのだ。

あの時はこんな写真があることなんて知らなかったのに、まるで予感していたかのようによく似ている。

「そうか…。やっぱり師匠は、待ってたんだろうな」

要の言葉に一色は興味を示す。

けれど要は、それ以上何も言わなかった。

ひろのりはあの後、母親と一緒に北陸に行った。一人で死のうとしていた母親は、北陸で助けられて考えを変えたのだ。ひろのりは今では大学を卒業して、北陸のホテルで働いているという。年賀状だけは、毎年欠かさず寒也の許に届いていた。

迎えが来た子供は幸せになった。

では迎えが来なかった子供は、不幸だったのだろうか。

要は今ではそう思わない。

起きて半畳。寝て一畳の人生。だが一畳の畳の上で、二人で寝ることも出来るのだ。その楽しみを人よりも多く味わった初助は、幸せだったと言えるだろう。

「一色さん。過去に目を向けるより、未来を見ませんか。こいつらフラフラがね。どこまで行くか分からないが、ちょっとした本にはなりますよ。今のうちから取材、開始したらどうです」

要は柏餅を頬張る二人を示す。

確かに未来は、セピア色の過去よりも鮮明で、明るさに満ちあふれているように見えた。

花扇

落語家、山九亭感謝《さんきゅうていかんしゃ》の名前は、世間では結構知られている。テレビで一度その顔を見たことがある人は、ああ、あの落語家かとすぐに思い出すだろう。

真打ちを襲名する前は、山九亭金目《かなめ》と名乗っていたが、その頃はよくバラエティー番組や、時代劇の脇役でテレビにも顔を出していたのだ。そのままタレントだか落語家だか分からない、落語の高座にほとんど上がらない噺家になってしまうことも出来ただろうが、山九亭感謝こと森野要《もりのかなめ》は、今では古典落語の正当な継承者の一人になっている。

もちろん今もテレビに全く出ない訳ではない。色男のうえに愛嬌《あいきょう》があるから、相変わらずテレビ界からは引っ張りだこだ。クイズ番組などには好んで出るし、ドラマも時々は脇役で出たりしている。

そんな人気者の山九亭感謝が、毎年必ず、ある場所を訪れていることはあまり知られていない。

「うぇーっ、師匠。やっぱりいつ来ても、ここの入り口では足がびびりますぅ」

ころころ太った弟子のおば九は、門に書かれた文字を見て全身を震わせる。

「おば九、入りたければいつでも入れるぜ。お前だったらそうだな。無銭飲食の五回もすりゃいいんじゃねぇか」

兄弟子の心太《しんた》が、そんなおば九を見て笑いながら言った。

「兄貴はあれですか。スケこまし？　または美人局《つつもたせ》。あっ、分かった。淫行罪」

顔が売り物ですすとやっている山九亭一門の弟子らしく、心太はすこぶる顔立ちがいい。なのにおば九一人で、平均点を限りなく下げていた。

「猫柳《ねこやなぎ》師匠。どうもうるさくてすいませんね」

要は背後でもの静かに控えている、紙切り芸人の猫柳春風《しゅんぷう》を振り返って頭を下げた。

「いえいえ、山九亭師匠のところは、皆さんよいお人柄で」

七十に手が届こうとしている春風から見たら、要の弟子なんて孫のような年頃だろう。文化とか芸術とかの冠がついた賞をお国から貰えそうな春風なのに、偉《えら》ぶる様子もなく静かに要の背後から歩いていた。その足下も矍鑠《かくしゃく》としている。

要と二人の弟子、それに春風と付き人。その五人を出迎えたのは、制服、制帽姿の刑務官だった。

茶色の煉瓦で出来た門に塡《は》め込まれた鉄格子が開かれて、五人は中に招き入れられる。

「初《うぶ》さんも…毎年、欠かさずに来てたのにねぇ。早いもんだ。もう亡くなって一年が過ぎたか」

弟子だった要よりも、春風はずっと前から初助のことを知っていただろう。特別親しく交流があったわけではないだろうが、寄席で一緒になったことも多かった筈だ。

「そういえば初助師匠は、いつ頃から刑務所の慰問なんて始めたんです？」

要は高い煉瓦塀の一画に、独特の形をした監視塔があるのを見ながら春風に訊く。

前橋刑務所。ここに初助は、毎年慰問《いもん》に来ていた。

要が弟子入りした時にはすでに、欠かさずに訪れていたと思う。

初助は芸を極めることには熱心だったが、社会に奉仕したいなどと特別な気持ちを持っていたわけではない。どちらかというと個人主義の初助が、刑務所の慰問を自ら買って出るというのが、要としても不思議だった。

「さぁねぇ…どうしても噺を聞かせたいような人が、中にいたんじゃないかい」

春風は見事に白くなっていたが、まだ充分にふさふさとしている頭髪に手をやって、優雅に撫でつける。そんな仕草を見るにつけ、要は自分の師匠である初助が生きていたらと、物悲しい気持ちになった。

還暦を過ぎても、初助は優雅で綺麗な男だった。その印象を留めておきたかったのだろうか。数少ない弟子の誰一人として、病床への見舞いを許さなかった。

入院先の病院から遺体を引き取り、喪主《もしゅ》になったのは要だ。初助には親戚縁者がいない。

まさに天涯孤独の身の上だったからだ。

白布を被せられた初助の遺体は、元々痩せて小柄だったのが、もっと小さく細くなっていた。けれど面差《おもざ》しの美しさは損なわれていなくて、どこか気品の漂うその顔は、ただ寝ているようにしか見えなかった。

要は涙にくれながらも、いつものように小言が聞こえて来ないかと待っていた。

お前も四十過ぎたんだから、分別だってあるだろうとか、お前のは女じゃなくっておかまだよとか、いつものように辛辣《しんらつ》な口調で言って欲しかった。

物言わぬ人になったという喩《たと》え通り、要がどんなに望んでも、初助の口から二度と声は聞こえてこない。その素晴らしい芸は、CDや映像に数多く遺されてはいたが、要個人に向けて発せられる、情のある言葉はついに聞かれなくなったのだ。

初助の死は早過ぎるという哀惜《あいせき》の言葉をよく聞いたが、要は今となればそうとも思わない。惚《ぼ》けることもなく、醜い老体を曝《さら》すこともなく、初助は誰の記憶にも美しい姿を留めたままで、まるで高座を降りるようにすーっと消えてみせたのだ。

いかにも初助らしい最期だった。

だが今頃になって、要も初助という人間が、どう生きたのか多少興味が沸いてきた。ちょうど自分の実年齢が、最初に弟子入りした時に出会った初助の年と、同じくらいになったせいかもしれない。

独身であることも同じだ。

男と寝るようなところも同じだ。

だが同じ噺を演じても、初助と要では全く違った趣《おもむき》になるように、今の要の境遇と初助のこの年頃とでは、あまりにも違いすぎる。

評伝を書きたいと一色《いっしき》というライターが、初助の過去をいろいろと探っているのは知っている。彼が集めた切れ切れの断片をどう繋ぎ合わせても、初助という人となりはまだはっきりと形にもならない。

それだけ摩訶《まか》不思議な生き方をした男だ。まだまだ要も知らない、様々な修羅場がその人生にはあったのだろう。

そんな初助だったから、あるいは刑務所に収監されている男達に、多少の親近感があったのかもしれない。

「遠方よりお越し頂き、ご苦労様です。師匠方の慰問を、毎年愉しみにしている受刑者が大勢おります。今年は何を聴かせていただけるのか、私も愉しみでして」

所長からの挨拶を受けて、五人は畏《かしこ》まって頭を下げた。

要にとっても、ここでの演目は頭を悩ませるものの一つだ。受刑者相手だけに、幾ら滑《こっ》稽《けい》な落語とはいえ、犯罪絡みのものはいけない。悪者が改心する噺にしても、押しつけがましくなってはいけなかった。

要のノートには、初助が生きていた時からの、演目がずらっと書き連ねてある。二十年近くになるから、最初の演目を聴いた受刑者もとうに出所しているだろう。そろそろ初助がやった噺をかけてもいいかなと思うが、要の心境は複雑だ。

つい自分と初助を比較してしまう。陽気にぱっと受ける噺はやれるが、人情噺では同じ年頃だった時の初助と比べると、差がありすぎるように感じてしまう。紆余曲折《うよきょくせつ》を経てきた受刑者の心に、響くようなものは出来るのだろうか。

慰問がある時は、受刑者の気分も浮き立っている。一般社会に出たら、寄席にふらっと寄れるような人達ばかりではないだろうから、いい経験をしたと思ってくれればありがたい。出所した後も何かのおりに、ふと思い出してもらえるような、そんな噺をしたかった。

最初に口上《こうじょう》を要が述べ、前座でおば九が『時そば』を演じ始める。食べ物ネタを得意とするおば九は、実にうまそうに蕎麦をすする演技をした。

今日はまた特別力が入っている。普段食べることにしか興味のないようなやつだが、食も自由にならない受刑者に対して、気の毒に思う気持ちがあったのかどうか。時間を現代の時間に直して演じる『時そば』だ。蕎麦代をごまかそうと、今、何時だいと訊くのに蕎麦屋が、へぇ、午前零時でとやる辺りが軽妙で、受刑者に受けていた。

続けて心太が『化け物づかい』をやる。化け物屋敷に越してきた老人が、妖怪をいいようにこき使う噺だ。説教臭くもなく、勢いがあって、これもまた受けていた。

続けて猫柳春風が、仮の高座に現れる。

何の下書きもない真っ白な紙を、鋏《はさみ》一丁ですいすいと切っていく。するとあら不思議、何かの図柄になっているというやつだ。

春風の凄いところは、薄手の紙を切って作った蝶々を、扇子《せんす》で煽いで本当に飛んでいるかのように見せる芸を持っているところだ。

「蝶々、大腸、小腸、盲腸と申しまして…。あら、お若い皆様には、この洒落では笑っていただけない。超受けない洒落を言うのは、年寄りゆえとお許しくだされ」

とぼけた様子で、品のいい老人がつまらない駄洒落を言いながら、切ったばかりの蝶々を飛ばす。この芸は受ける。場内が沸いたところで、春風は芸子と五重塔を一枚の紙で切り抜いたり、リクエストを受けて、弁慶や虎まで切ってみせた。

小手先一つ、口一つ。

それだけで生き抜いてきた芸人だ。

羽織袴を身に纏い、たった半畳の空間に座り続けて、春風の人生は過ぎていったのだろう。その重みと軽みが、軽快な口上の中にも感じられる。

袖で見ていた要は、ほんの二年前まで、同じような感慨を込めて、演じている初助の背中を見ていたのにと思い出す。

「男しかいないからって、師匠がわざわざここに来たがってたわけでもあるまいし」

要の呟きは、どっと沸いた笑い声でかき消された。

春風が見事に、男女の道行きの場面を切ったからだ。

春風は一瞬にして小さな紙吹雪を拵《あつら》える。そこで下にさっと風呂敷を広げて、客席に向かって話しかけていた。

「えーっ、皆さまのお手を煩わせることのないように、散らかしたものは持って帰ります。塵も積もればですので、資源ゴミに出しますので」

着物姿の男女の姿を切り抜いたものを、黒い紙が入った台紙に入れると、春風はそれを立てかけ、上から紙吹雪をさらさらと吹きかけた。

「雪の道行きでございます」

何と巧みに扇子で風を送ることか。

紙吹雪は本物の雪のようにさらさらと、命も持たない、紙だけの恋人達の上に降りかかる。

「この後に、どうやって受けを狙うんだい。まいったな」

　要は苦笑する。人間国宝になってもいいような至芸《しげい》を見せられた後に、のこのこと出て行くのはどうにも罰が悪かった。

「おそまつさまでございます」

　春風は素晴らしい芸を見せたというのに、謙虚な態度で下がってくる。寄席では後に出るほど格が上で、最後の方に名前の出る要に対して、春風は礼儀をわきまえたのだ。

　少し間を開けて、要は高座に出た。

　いつにない緊張感を感じる。

　辛い日常をしばし忘れて、笑いたいと待っている人達が目の前にいるのだ。いつだって真剣に取り組んではいるつもりだが、なお一層の集中力が必要な気がした。

「あたくしの師匠にあたります、山九亭初助が、昨年癌で鬼籍《きせき》に入りまして…。毎年、こちらにお邪魔するのを愉しみにしておりましたのに、墓場で残念がっていることと思います。そこで本日は、おこがましいとは思いましたが、師匠の十八番『芝浜《しばはま》』をやらしていただきます」

　金を拾った魚屋が、浮かれてぱっと遊んでしまった。ところがその金を女房は隠してしまい、借金を背負った男が改心してよく働き、最後幸せになったところで、女房がこっそりとあの時の財布を差し出す。

人情噺の名作だ。

初助が演じる女房は、今でも要の中に生きている。

「そんなこと言ったっておまえさん。おあしなんてものは、どこを捜したってありゃあしないよ。大方夢でも見たんじゃないか」

金がないと騒ぐ亭主を、静かに諫《いさ》める、出来た女房。

ああ、自分の中に、初助の片鱗は残っているなと、演じていて要は安心する。

手拭い一枚、扇子一本しか持たずに、座布団の上に座りながら、何人もの人間を演じるのが落語だが、男が女を演じる不自然さを、初助は一度も感じさせなかった。自分もそうなりたいと何度願ったことか。

女のいない刑務所の中で暮らす男達は、偽物の女でもそれらしく感じてくれただろうか。

サゲに向かう途中、要は前の方の席で、しきりに目頭を拭っている受刑者の姿を視界の隅で捕らえた。

ああ、これだと要は思う。

一瞬で消えていく言葉だけれど、時には人の涙をも誘う。

こんな時に芸人は、何ともしれない至福を味わうのだ。

それから数日後、要はまたもや一色に呼び出されていた。

「行かなきゃいいのによ。要、もしかしてその男に、気があるんじゃねぇか」

別に誘ってもいないのに、寒也は勝手についてきた。

要より三つ年下のこの植木屋は、まさかもういい年になった要が浮気でもするかと、本気で心配しているのだろうか。

「いや、俺もね。師匠がどういった人生を送ったか、知ってるようで知ってなかったなって、改めて気が付いたんだよ。寒ちゃんだってそうだろう。俺を通して、師匠との縁はつかず離れずだったが、何か分かっていたようで分かってなかっただろ」

待ち合わせの店に向かうために、浅草の街を二人して歩く。今日は着物を着ているわけではないが、どこでもここでも感謝師匠と挨拶されて、その度に二人の会話は中断していた。

「知ったからどうだってんだよ。俺は師匠の幽霊に枕元に立たれるなんざ、ごめんだぜ。師匠のお陰で要ともこうなって、いまだにくそ親父に嫁はどうしたって言われ続けてるがな。よくもあたしの過去をあばいてくれたね！っ、何て出て来たらどうすんだっ」

寒也の声音が初助に似ていて、要はぷっと噴き出した。

「いいじゃねぇか。化けて出て来たら、ついでに稽古の一つもつけてもらうさ」

二人は仲見世《なかみせ》を抜け、浅草寺《せんそうじ》の脇を通って、花屋敷《はなやしき》近くの路上にずらっと椅子とテーブルを並べた飲み屋のある一画に近づいていった。

「要…こんなとこで飲むのか？」

「こんなとこってのは失礼だろうよ」

路上に椅子とテーブルを並べた店は一軒ではない。ずらっと並んだ各店からは、モツ煮込みや焼き鳥のいい匂いが路上に流れている。

「だっておめぇ、一応、人気稼業の噺家にインタビューするってのによ。露天かよ」

「天井は空だ。師匠にも声が届くってもんだ。粋じゃねぇか」

要はずらっと並んだテーブルの間に視線を走らせながら、顔なじみになった一色の姿を捜した。

「おっ、いたいた」

「何だ。薄汚い野郎だな」

寒也の声にはほっとした響きがある。要が会うのを愉しみにしている様子から、もしかして男臭い色男だったらと、多少警戒もあったのだろう。

ところが一色は、長い髪を後ろで束ねた、いかにもくたびれた物書き風情で、どう見ても寒也が本気で嫉妬しなければいけない相手のようには見えなかった。

「どうも、一色さん」

「ああ、感謝師匠。お忙しいとこ、わざわざすいません」

ビールに焼き鳥で、先に一杯やっていた一色は、慌てて立ち上がって会釈する。要の背後にぬっと聳《そび》える寒也の姿に気が付いて不審そうな顔をしたが、すぐに落ち着いたのは、物書き稼業ゆえの柔軟性だろうか。

「一色さん、こちらは元兄弟子で、今は造園業をやってらっしゃる広沢さんです。初助師匠の話だっていったら、勝手についてきちまいまして」

「いやぁ、感謝師匠ともあろう方のインタビューだから、どんな豪勢な店でやるのかと思ったら、お馴染み過ぎて涙の出るような店だな」

寒也は遠慮なくずけずけと言った。

「いいんだよ。冷暖房いらず、空調は風任せ。天井は果無《はてなし》の夜空だ。こんな素晴らしい店があるかい」

要は嬉しそうに一色の前に座った。

「おねぇさんっ、生二つ、追加。それとモツ煮ちょうだい。手羽、塩で焼いてよ」

慣れた様子で寒也はさっさと注文していた。するといつものおねぇさんではなくて、調理人の白衣を着た六十をとうに過ぎた男が、ビールのジョッキを手にしてやってきた。

「感謝師匠。前橋へはもう行かれましたか？」

人のよさそうな男は、まるで昔からの知己《ちき》のように要を見て言った。

「ええ、ほんの数日前に」

ジョッキを受け取りながら、どうしてそんなことまで知っているんだと不思議に思って訊こうとしたら、すぐに相手の方から口にしていた。

「十年前まではね。あそこで師匠の噺を聞いてたんですよ。今じゃ、この通りだけどさ」

血色のいい顔を綻《ほころ》ばせて、男は笑った。

「そうでしたか、そりゃそりゃ」

目出度いこってと言いそうになって、何が目出度いんだと要は笑いで誤魔化す。出所したのは目出度いだろうが、この男の人生が本当にそうなのかどうかはうかがい知れない。

「感謝師匠…実はこちら…殿村《とのむら》さんからも、ちょっとした話が聞けまして」

一色は煙草を銜《くわ》えながら、あたふたとバッグの中のノートを引っ張り出していた。

「こちらから？」

要は思わず、殿村の風体を観察してしまう。鼠を思わせる小男で、とても初助の眼鏡に適《かな》う色男という雰囲気ではなかった。

「あっしは前橋に七年いましたからね。初助師匠を感謝師匠の噺をただで七回も聞かせてもらいました。今でもそこの演芸場に出られる時は、たまに聞きに行ってますよ」

「それはありがとうございます」

殿村がどんな罪状で入所したのかは知らない。けれどそんなことを根掘り葉掘り聞くのは野暮というものだ。要はただ頭を下げるだけにした。

「ちっと忙しい時間なんで、後でまた」

殿村が引っ込むと同時に、一色はノートに書かれた文字をそれとなく要に示した。

「この寺田銀治郎《てらだぎんじろう》という男をご存じですか」

要の記憶にそんな名前はあっただろうか。思わず確かめるように寒也を見る。すると寒也の顔は、何かを思い出した表情になっていた。

「何だよ、寒ちゃん、知ってるのか」

「ん…いや…もしかしたら…あれだろ。ほらっ、覚えてないか？」

「あれって言われてもな…どれ？」

恐らくは初助の男の一人なのだろう。けれどもあまりに数が多すぎて、要にはもう誰が誰だか分からない。

「その…なんだ」

寒也はやけに歯切れが悪い。一色の手前、迂闊なことは口に出来ないのだろう。

「ご存じでしたか？　前橋の刑務所に、十五年も収監されていた人ですが、初助師匠が身元引受人になってるんですよ」

「えっ…前橋」

つい先日の、赤煉瓦の門塀に囲まれた場所を思い出し、ビールを飲もうとしていた要の手は止まった。

「殿村さんは、その寺田って人と、前橋で同室だったんです。元はヤクザの代貸《だいがし》をしていた人らしくて…。どう思います、感謝師匠。初助師匠とヤクザって、どうも結びつかなくて。初助師匠は天涯孤独の身と思われてますが、もしかして身内の方でしょうか」

「いや。その…」

今度は要の方が歯切れが悪い。

身内でないことだけははっきりしている。その寺田がいい男だったら、もう答えは出たも同然だ。

「寺田さんが所属していた組は、組長が亡くなりましてね。本来だったら組関係の人間が身元を引き受けるところ、出来なくなったんですかね。その辺りの事情を聞きたくても、もう関係者はほとんど亡くなっていらして」

「何か世話になった人じゃないんですか。師匠はああ見えて、義理堅いところがあったから」

「そうでしょうか。余程世話になってたんですかね。初助師匠が前橋の慰問を始めたのも、寺田さんが収監されてからですから」

「そうだったんだ」

要は小さな声で呟いた。

確かに疑問に思ってはいた。あの初助が、ボランティアの真似事をするなんてらしくない。なのに毎年欠かさず、前橋を訪れていたのは、その寺田という男の無事を確認するためだったのだろうか。

「要…ほらっ、いつだったか、師匠が仕事をあまりしなかった時があっただろう。半年くらいさ」

ぼそぼそと寒也が耳打ちする。それで要もやっと記憶の底から、銀治郎という名前の男の姿を引き出していた。

「ああ…」

いい年の男だった。当事、初助は四十七か八だったか。まだまだ若い男を喰い散らかしていたあの頃、なぜか半年ほど静かになりを顰《ひそ》めていた時期がある。

「あれは…何だったんだろう」

要は同意を求めるように、寒也をじっと見つめた。

「寒ちゃん。俺達が見たのは…その人との最後の幕引きだったんだよ。その前に、きっと何かあったんだ」

「そうだろうな。だとしても、師匠が墓場に持っていっちまったんだ。何がどうだったかなんて、今さら調べようもないし、調べる必要もないさ」

寒也は奥に向かって、焼酎《しょうちゅう》は何があるのと訊いている。

もうこの話はさっさと流してしまって、普通の飲み会にしてしまいたかったのだろう。けれど一色はそれを許さなかった。あくまでもここでの話を、初助の昔話限定にしたいようだ。

「この前、感謝師匠にお見せした写真の出所先ですね。昭和の怪物とまで言われた、経済界の大物、下村安賀多《しもむらやすかた》さんの関係者からだったんです。もしかして初助師匠の父親は、下村さんだったんですかね」

「さぁ…その辺りのことは、俺達には知らされてないんで」

咄嗟に要はとぼけたが、初助がよく呼ばれていた特別な宴席に、その人物らしき高齢の男がいたのは記憶にある。

「寺田さんの所属していた組と、下村さんとの関係も噂がいろいろとありましたからね。何かその辺り、複雑な事情が…」

「一色さん」

要は最後まで聞かずに、一色の言葉を封じてからノートを指差した。

「やっぱりまずいですよ。師匠が一番弟子の俺にも言わずに、墓場に持っていった秘密だ。今さら墓をあばいて、何をひっぱりだそうってんです。関係者がみんな死んでるから、もういいだろうってわけにはいかない。下村さんにだって身内はいるんだろうし」

「そうでしょうか。あれだけの芸人です。誰かがここで記録を残しておかないと」

「そりゃ思い上がりってもんだよ。本人はそんなこと思ってもいなかった筈だ。芸は残せたからそれでいい。それ以外はみんな、墓場に埋めておけって、師匠の幽霊に言われそうだな」

その時、要と一色の前に、いきなりどんっと焼酎のボトルが置かれた。どうやら寒也は、このインタビューから堅苦しい雰囲気を追い払いたいらしい。

「何だよ、しんねりむっつりと。あんた、どこ出身？　江戸っ子じゃねぇだろ」

寒也は有無を言わせず、一色の前に焼酎がなみなみと注がれたコップを置く。

「いや…京都ですが」

「京都？」

要は、今は京都に住む、その昔初助といろいろあった俳優のことを思い出し、ビールの泡で汚れた口元を慌てて拭った。

「出身はあまり関係ないと思いますが…いや、あるかな。自分の出身地が京都の太秦《うずまさ》の近くだったものですから、『時代劇の栄光と盛衰』って本を書いたんですよ。その時に、かつて太秦で名前を売った俳優さんを取材していて」

「香田《こうだ》さんに逢ったんだろ」

あっさりと要の口からその名前が出て、一色の方が驚いていた。

「ええ…香田さんの店に行ったら、たまたま初助師匠のCDがかかってまして。関西では上方落語の方が有名ですから、どうして江戸落語の初助師匠がって疑問に思ったところから、まずは始まったんですが…」

初助の過去を調べていったら、次から次へといろいろな男の名前が登場してくる。この辺りで真実に気が付けばいいのにと要は思ったが、一色の頭にはどうもそっち方面の想像力というものは乏しいようだ。

「江戸っ子は気が短いんだよ、先生。まっ、ぐっと空けなよ。話はそれからだ。そんな取り澄ました様子じゃよ。こっちも本音ってもんはさらせない」

　寒也は半ば脅すようにして、焼酎を勧めた。

「いや…はぁ…まぁ、そうなんですか」

「そうだよ。ぐっと空けたら、面白いことを聞かせてやるよ」

　寒也のにやついた顔を見て、要はその膝を思いきり叩いていた。

「寒ちゃん、おかしなこと喋るなよ」

「おかしなことかな？　師匠のことをよく分かってなくて、勝手に書かれたらそっちの方がずっとおかしいだろ。師匠がしてたことの一部を知っても、それでもまだ書きたい気持ちがあるかな」

　一色は明らかに寒也に興味を持ったようだ。

　だが要は、寒也が何を話し出すのかと気が気ではない。

　寺田なんて男のせいでとんでもないことになったと、要は半ば自棄《やけ》気味で、たいして酒も強くないくせに焼酎を呷っていた。

十八年も前になるのだろうか。要がまだ落語家としては二つ目で、山九亭金目を名乗っていた頃だ。

年下のくせに兄弟子だった寒也がさっさと噺家を廃業してしまい、家業の植木屋になったから、初助の一番弟子は要ということになる。

山九亭初助クラスの噺家になると、前座修業に来ている弟子が何人もいそうだが、気むずかしいと噂される初助はほとんど弟子を取らない。住み込みで修業する弟子がいれば、身の回りの世話から何からしてくれるものなのに、初助は雇いの家政婦に任せるばかりで、新たな弟子を入れる様子もなかった。

当時の噺家の世界は、古くからの伝統そのままに、まずは師匠の家で住み込みしながらの前座修業。それが三年くらいで明けてからは、二つ目となって独り立ちする。真打ちと呼ばれる、名実ともに噺家になるまでは、十年から十五年はかかった。

前座時代は師匠が生活の面倒も見てくれるので、食べる心配だけはない。家事全般を手伝わないといけないし、寄席での仕事もあって大変だが、どうにか生活は出来る。

けれど二つ目ともなると、寄席で貰える金額は少ないし、出番だってそうあるわけでもない。他に何かしなければ、生きていくのも大変だ。

要は幸い、見てくれが華やかな上に愛嬌があったから、テレビの仕事にありつけた。かっとなって自分を見失わない限り大きな失敗もなかったから、どうにか暮らしていけるようにはなった。

そうしているうちにテレビの時代劇などにも出るようになり、忙しくなってきた要だったが、師匠に稽古はつけてもらわないといけない。明日は稽古の日だと思っていたら、寄席の経営者である席亭《せきてい》から呼び止められた。

「金目ちゃん、初助師匠は病気かい？」

「へっ…いや、ぴんぴんしてますが」

つい半年前、アメリカ興業などをど派手にやったが、初助は帰国後も長旅の疲れも見せず元気そうだった。

初助に入れあげていた興業主のことを思い出し、要の口元にはつい苦笑いが浮かんでしまう。

もう用がないとなったら初助のことだ。さっさとあのステーキ男をお払い箱にしただろうが、相手の方はすんなりと諦めただろうか。大げさに愁嘆場《しゅうたんば》を演じたのではないかと、いらぬ想像をしてしまう。

もしかしたら愁嘆場が修羅場に変じたかと、要は一瞬青ざめた。

「初助師匠が病気って、お席亭、何か噂でも聞いたんですか？」

「いや、ここんとこどこの高座にも上がってないからさ。あの人はテレビなんかにはほとんど出ない。高座だけが生き甲斐のような人が、どうした風の吹き回しだい」

「それはその…あれですよ」

「何だい？」

「よって件《くだん》のごとしですよ」

「何だよ、金目ちゃん。はっきりしねぇな」

はっきり言えないのは訳がある。またもや男との別れ話がこじれて、雲隠れしてしまった可能性があるからだ。

「明日は稽古の日ですから、よーく観察してまいります」

「おぅ、そうしてくれ。初助師匠には根強いファンがいるからな。出ないとなると、何か忘れ物したみたいで寂しいよ」

席亭にばんっと背中を叩かれて、要はその日の寄席を後にしたが、さてどうしたもんかと頭が痛かった。

初助の家は古いが、手入れだけはよくされていた。昔ながらの板塀の内側には、山茶花《さざんか》や椿を植えて、それとなく通りからの人目を避けている。小さいながらも門は冠木門《かぶきもん》で、門柱には初助の本名である倉木《くらき》の表札がかかっていた。

「えーっ、こんにちわ。お邪魔いたします。師匠…生きてますか」

生きているか確認しなければいけないほど、電話もしていない不肖の弟子だ。家内に入る姿もどこか小さくなる。からからと玄関の格子戸は開いたから、初助は出奔《しゅっぽん》はしていなかったのだろう。

「師匠…あれっ？」

家直しの最中だっただろうか。見知らぬ男が、襖に鉋《かんな》をかけている背中が見えた。

「師匠…すいません。今日は稽古の日じゃ…」

要の声に気が付いた初助が、玄関に顔を見せた瞬間、要はそこにいた男がただの表具屋《ひょうぐや》ではないとすぐに気が付いた。

何年か一緒にいるうちに、要にもよく分かるようになった。

男を喰っている時の初助だ。

顔の色艶もよく、しどけない仕草にまで色香が溢れている。さっきまで口に出すのも憚《はばか》られるようなことをやっていましたと思わせる、危ない色気に包まれていた。

「あっ…」

けれど今回の雰囲気は、なぜか少し違っているようだ。

初助の全身から立ち上る色香は、いつものようにどろどろとした感じとは違っていた。何だか優しい雰囲気で、要は思わず自分の目を疑ってしまった。

「何、鳩が豆鉄砲くらったような顔してるんだい。稽古しに来たんだろ」

初助はいつものように、紬《つむぎ》の着物の袖に手を入れてじっと要を見ている。

「そうですが…あの」

「人がいても気にすることはない。さっさと上がりなさい」

「はい…」

上がり際に素早く男に視線を向ける。

見るなと言われても、ついつい見てしまうようになった。初助が付き合う男達はどれも皆いい男だが、一定の法則はあるなと要は読んでいる。背が高く、軍人の制服でも着せたら似合いそうな、男らしいタイプが初助の好みなのだ。

過去には相手の容姿も選べない、身売りに近い状態で男と関係を持ったこともあっただろう。今はこうやって好みの男を家に連れ込むゆとりも出来たのかと、変な感心をしながらいつもの稽古場である八畳の和室に入った。

「今日は文七でもやろうか」

初助は居ずまいを正すと、座布団の上に優雅に座り、さりげなく手拭いと扇子を置いた。どうしたことかいつもの地味な扇子ではなく、花の描かれた派手な扇子だ。閉じてあっても、外から見ただけで開いた時の様子さえ想像がつく。

手拭いの鶯色《うぐいすいろ》の染めといい、何だか今日はやけに華やいだ雰囲気で、要もついつい浮かれた気分になってしまう。そんな時に人情噺の『文七元結《ぶんしちもっとい》』は、要にとっては大ネタ過ぎた。

「ひぇーっ、ご勘弁をっ。そんな難しいのを何でまた今日にっ」

畳に頭をこすりつけるようにして、懇願してみせてももう遅い。初助は口元に小さく微笑みを浮かべたまま、さっさと噺に入ってしまった。

左官屋の長兵衛、腕はいいが博打《ばくち》に目がない。負けて身ぐるみ剝がされて帰って来ると、一人娘のお久が行方不明になっていた。お久は父親の借金を返すために、自らを吉原に売りに行き、遊女屋の内儀さんから長兵衛は叱られる羽目に。

古女房、娘のお久、さらに遊女屋の内儀《おかみ》。女だけでも三人も出る。さらに長兵衛と、御店《おたな》の若い奉公人文七、その雇い主の旦那と、男も三人演じ分けないといけなかった。

「内儀さん、どうぞ、あたしを売った金を届ける時に、とっつあんにもきつく言ってやってください。そういって流した娘の涙を見ちゃあ、この金は貸すしかない。娘は店には出さずに預かっているから、あんたも心根を入れ替えて、一日も早く、娘を請け出しなさい」

内儀になりきった初助が、とうとうと意見をしている。頭に髷でも乗せて、黒の襟をつけた縦縞の着物でも着せたら、まんま内儀になりそうだった。

金を手にした長兵衛、いそいそと家に帰る途中、橋から身投げしそうな若者、文七に出会う。

「おっと待ったぁ。みりゃあ、いい若いもんが、何で身投げなんざ。お離し下さい。このまんまでは、お世話になった旦那様に顔向けが出来ません」

博打にうつつを抜かす中年男と、生真面目そうな若い手代。二人の男が、一人の初助の中に同居している。こういった時の初助は、実に男らしかった。

何でこんなネタをと思った要は、ふと鉋で襖を削っていた音が止んでいることに気が付いた。

男は襖の向こうで、仕事の手を止めて初助の噺に聞き耳を立てているのだ。

ああ、そうかとまた要は納得する。男を家に連れ込んだところで、わざわざ落語をたった一人の男のために聞かせてやる筈もないだろう。

稽古にことよせて、これは実にいい機会だったのだ。

何だ、またうまく利用されたのかと面白くなかったが、聴き手がたった一人でも初助の芸に手抜きはない。噺はいよいよ佳境に入っていた。

「えーえー、もう情けない。娘が女郎屋に身を売ってまで作った金を、また博打ですってきちまって。何度、いやぁ分かるんだ。人助けだって言ってんのに」

夫婦喧嘩も初助がやると、本当に何年も連れ添った夫婦のように感じられる。

テレビドラマのように大がかりなセットもない。舞台として使うのはたった半畳、座布団一枚の上では、長屋の一室が見事に再現されている。

古女房が広げている縫い物の布地や、灰も冷めた長火鉢さえ目の前に浮かんできそうだ。

「えーっ、そうしてすったもんだとやっているうちに、すっかり外も明るくなりまして。ごめん下さりませ。こちらは長兵衛さんのお宅と伺いまして」

老齢の旦那が突然現れて、女房は本当に金は人助けに使ったと知る。続けて華やかな晴れ着姿の娘が帰って来る場面で、聴き手はほっとするのだ。

偉そうな評論家だの博士だのは、ここで物語による魂のカタルシスがとでも言い出すのだろうか。

長兵衛の心根に惚れ込んだ旦那は、娘を身請けしてくれただけでなく、自分のところの手代の文七と、ぜひ夫婦になってくれと頼み込む。すべてが丸く収まり、ああよかったよかったとなったところで、初助は綺麗に下げた。

「後にこの文七が、元結の商いを始めまして、夫婦仲良く商売に励み、末永く幸せに暮らしましたと…まことにお目出度いお話でございます…」

要は思わず拍手をしていた。

その笑顔を見て、初助は扇子を手にして開くと、パタパタと自分に風を送った。

「金目、お前の方がよっぽどお目出度いよ。何だい、そのでれんとした面《つら》は。これから自分がやらないといけない噺だってのに、ちゃんと聞いてたのかい」

「…お茶でしたね…師匠」

初助にあれだけのものをやられた後で、全く同じ噺をしろと言われてそうそう出来るものではないが、稽古だから逃げようがなかった。とりあえずお茶でも淹れて誤魔化そうかと思ったら、襖がすっと開いて、盆に乗せられたお茶と急須が畳の上を滑ってきた。

「おおっと、すいません、こんなことまでやらせちまってっ」

お茶を受け取る隙に、正面から相手の男の顔を見る。短髪の渋い色男だったが、年齢は初助よりかなり上だろう。

「いやいや、恐れ入ります」

照れを誤魔化すためにか、つい声も大きくなる。男はそんな要の狼狽《うろた》えぶりなど気にもならないのか、静かにまた襖を閉めてしまった。

「師匠…」

「何だい」

初助は扇子を畳むと、脇に置いて茶を手にした。

「ずいぶんと派手な扇子で…。どっかの芸者さんからでも奪ったんですか」

「馬鹿をおいいでないよ。たまには派手なもんでもいいだろう…」

「それにしちゃ最近は…あっちの方は渋いのがお好みで」

そこで初助は、珍しくもぷっと少量の茶を噴いた。

「金目。稽古が甘くなるとでも思ってるのかい…」

睨んだ初助の目元に微かに朱が走る。いつもは男の話題になっても、軽くいなす余裕があるのに、今日はまたどうしたことだろう。

「精進させていただきます」

殊勝げに頭を下げたが、要の口元は笑いで引きつっていた。

「ついに老境の悟りに入ったか」

自宅に帰った要は、寒也の姿を見るなりいきなり切り出した。

「あー？」

仕事のない日は要の家でぶらぶらしている寒也は、今日もごろごろと畳に寝そべり、漫画雑誌など読みふけっていた。そこに帰ってきた要がいきなりそれだ。

「師匠だよ。どういう風の吹き回しだ。ステーキを振ったと思ったら、今度はまた渋い、巨大鮭の塩焼きみたいな男だぜ」

「しつこいのに飽きたんだろう」

寒也は興味がなさそうだ。また漫画に戻ってしまったのにも構わず、要はその横に並んで座ると、子供のようにわくわくした様子で話し出す。

「男の趣味が一貫してんのはこれで分かった。師匠のタイプはあれだよ。背がすらっと高くて、がたいのいい色男だ。年齢ってのは関係ないみたいだな」

「ふーん…まんま俺じゃねぇか」

さらりと言ってくれたので、要はばしっと寒也の太股を叩いていた。

「んだよっ、本当のことだろう。だから師匠は弟子の俺まで喰ったんだろうさ」

「ああ、ああ、そうだよ。寒ちゃんは師匠の食い残しの舟盛りだもんな」

舟盛りのつもりなのか、寒也はシャツをめくって平らな腹を見せた。

「どこからでも喰いな。あっ、も少し下か」

「誰が喰うか」

まだ若い二人は、こうしてじゃれあっているだけで楽しい。気が付けばお互いの手足が絡まっていて、何だか危ない雰囲気になっている。

下だった寒也の体が上になり、上半身裸になったところで要は急に真面目な顔つきになった。

「なぁ…若い男ってのはせっかちだけど、あれくらいの年になったらどうなんだろ」

「要がそんなこと心配してどうすんだ。それともあれか、そろそろ年上の男でも試してみたくなったか」

気が短い寒也は、もう勝手に誤解して不快感を丸出しにしている。

「師匠がさ…ここんとこ年上とばっかり付き合ってるのは、そろそろ老境に達したからかな。やっぱり年上男に、じっくりと可愛がられたいとか思うようになったのかな」

「どうせまたしばらくしたら、俺達とたいして年の違わないやつが居座ってるさ」

「何かいつもと違ってた…。どう言ったらいいんだろう…師匠、幸せそうだったんだよ」

要は口にしてみて、それまで自分を支配していたもやもやがすっきりしていた。

どうもおかしいと思ったのは、初助が男といて幸せそうに見えたことなんてあまりなかったからだ。

どんな手管《てくだ》を使うのか、初助と寝た男達は皆その後で夢中になる。余程のテクニックの持ち主なのかと、余計な詮索をしてしまうが、別に閨《ねや》のテクニックだけで、ある程度分別のある大人を振り回せるものでもないだろう。

きっと心の奥にある琴線《きんせん》に、初助の何かが触れるのだ。そして男達は初助の中に、自分の夢を投影させてしまうのではないか。

そうとでも思わなければ、ただ綺麗だというだけで、男が男を翻弄《ほんろう》出来るなんてことに納得がいかない。

なのに初助は相手が自分に夢中になると、急に態度を変えて冷たくなる。まるで自分には最初《はなっ》からその気がないように冷淡になるから、火がついてしまった方は戸惑うだろう。

「要、やめとけ。好奇心は象をも殺すって言うぜ。師匠のことに首突っ込むのは、もう懲りただろう」

「河馬《かば》じゃなかったか？」

「いや…象だった」

「獅子だろう？」

要を脱がせようとしていた寒也の手が止まる。そして顔を出した小さな乳首を、寒也はきゅっと抓《つね》っていた。

「いてぇーっ、何すんだよっ」

「やる気あるのか？」

「なさそうに見えるんなら、寒ちゃんの努力不足だ」

「……そういうことならっ、遠慮はしないからなっ」

いつものようにどたばたと揉み合う内に、寒也の手が要の体を這い回り始めた。それを合図に要もそれらしく殊勝な態度になろうとしたが、今日はどうもいけない。初助の不思議な微笑みが、脳裏から消えていかなかった。

「あの男…師匠の間夫だったのかな…」

「まだそんなこと考えてんのか。人のことより、もっと自分の間夫を大事にしろって」

要は言われて寒也を見つめる。

たった一人の男の相手をするのも大変なのに、やはり初助はたいしたもんだと感心するしかなかった。

それから半年くらいの間、その男は初助の家に居候《いそうろう》していた。あえて名前も訊かなかったが、初助も教えてはくれなかった。

季節はすっかり夏になり、中元のつもりで一升瓶を二本携えた要が、初助の家を訪れた時だった。

「稽古の日だったかい」

初助は珍しく取り乱した様子で、ばたばたと着替えていた。この季節は洒落た絽《ろ》の着物などをよく着ている初助が、その日は珍しく洋服を取りだしている。

「師匠…お出かけで」

「ああ、ちょっとね」

「あの方は？」

家内は静かだ。他に人のいる気配がしない。

ついにあの男も追い出されたかと、要は気の毒に思う反面、妙にほっとしている。

何ともしれない複雑な心境だ。初助を師匠として敬愛しているが、どうもそれだけではすまない複雑な想いが要にはある。おかしな喩えだが、初助に男が出来る度に、母親の恋人を疎《うと》ましく想う息子の心境になるのだ。

今回はわりと長かったなと思っていた。もしかしたらこのまま、死ぬまで二人でいるつもりかなと寒也とは話していた。寒也はその方が実害が少なくていいなんて、さばさばした物言いだったが、要としては内心面白くなかったのだ。

けれど初助の取り乱した様子を見ていると、やはり気の毒に思えてくる。初助は珍しくも、逃げた男を追おうとしているのだろうか。

「あの方…ああ、銀さんか…。もう戻って来ないよ」

手早く脱いだ浴衣《ゆかた》を衣桁《こうり》に掛けながら、初助は恥ずかしげもなく綺麗な裸体を要の視線に曝す。

とても年には見えない。肌も綺麗だし、肉も弛《ゆる》んではいなかった。これが男を狂わす魔性の体かと、ついつい長く見過ぎたせいか、初助は気が付いて振り向いた。

「何をそんなに見てるんだい」

「いえ…少し窶《やつ》れたんじゃないかって」

咄嗟に出た嘘だったが、真実をついていたかもしれない。初助の頬は、確かにいつもよりこけていた。

「夏は嫌いなんだ…いい思い出が一つもありゃしない。お前はよく知らないだろうが、終戦も夏だったからね。あの時は…大変だった」

「そうなんですか」

「ああ…これでますます夏が嫌いになりそうだ」

初助は取り乱していたのだろう。滅多に見せない本音というやつを、要に曝していたようだ。よく見ると、その切れ長の形のいい目にも、うっすらと滴が浮いて光っていたように思う。

「師匠…」

「ぼうっとしてないで、ハイヤーを呼んでおくれ」

「はい。どこまでと言いましょう」

「癌センター」

「癌センターですね」

何か事情が呑み込めてしまえそうな場所だった。

この家でひっそりと暮らしていた男は、癌センターに入院しているのだろう。もう帰らないと初助が言ったからには、病状は決して軽くはないのだ。

そうなってくると要も、母親の恋人に嫉妬している息子の心境ではなくなる。惚れた相手でもなければ、初助がここに同居させる筈もないのだから、せっかく幸せに暮らしていばいい。予備で入っておくれ」
「ああ、それじゃ末広亭《すえひろてい》に電話して、代わりに誰か…ああっ、いっそお前が行ってくれれ
「師匠。戸締まりや何かはやっときます。そのままどうぞ」
たものをと気の毒になるばかりだ。

「夜席ですか？」

「ああ、席亭には初助は…身内に病人が出たと言っておくれ」

「はい」

噺家も人間だ。一軒の寄席で月に十日の出番があるが、様々な事情で出られないことがある。早くに分かっていれば、同門の兄弟子などに頼めるが、こういった火急の場合は二つ目が予備と称して途中を埋めた。

初助は、要だけは知っている秘密の金の隠し場所から、かなりの現金を取りだしていた。それをいつもは使わない革の財布に入れている。狼狽えているせいか、分厚い札束はすんなりと収まらなくて、何度も入れ直していた。

そのうちにハイヤーが到着する。初助は後も見ずに、すぐに車中の人となった。

残された要は、勝手知ったる初助の家を、一人で片付け始めた。

「……」

灰皿を台所に運んでいたら、流しの脇の水切り籠に入った茶碗に目がいった。初助には似合わないものが置いてある。

夫婦茶碗だった。

「師匠は…こんなものを買うような人じゃない…」

買わせたのはあの男だと、要にも納得がいく。

「なんで…」

図らずも要の目からも、はらはらと涙が落ちた。

初助はきっとあの男の余命がそうないことを、すでに知っていたのだ。追われれば逃げる初助が、いつになく優しく男を迎え入れたのは、いずれ別れが約束されていたからだろう。

二人はここで束の間、夫婦のように暮らして何を夢見ていたのだろう。

要は男の素性も知らなければ、初助とどんな関係だったかも知らない。恐らく初助のことだ。数日して再びここに要を迎え入れた時には、この夫婦茶碗なんかは綺麗に始末してしまい、そんな男がいたことすら忘れたようにしてみせるのだ。

「そういえばここんとこ、大ネタが続いてたな」

ここ数回、稽古とはとても言えなくなっていた。あれはそのまま初助の独演会だった。

ついこの間の稽古で初助がやったのは、なんと『怪談《かいだん》・牡丹灯籠《ぼたんどうろう》』だ。そんなものは弟子入りしてから、要すらも聞いたためしがない。

もう寄席に出掛けるのも困難なほど病み疲れた男に、初助は無償で究極の至芸を聞かせていたのだ。

「から－ん、ころ－んとやけに響く下駄の音。新三郎様…露《つゆ》でございます。汁《つゆ》だけじゃあれだ、蕎麦も連れて来いなんてな。俺がやるとその程度の落語になっちまう」

要は無理に笑おうとした。そしていっそ自分のキャラクターに合わせて、はちゃめちゃな牡丹灯籠の改作を演じてやろうと心に決めた。

そんなことでも考えないとやりきれない。

男同士で添い遂げるなんてことは、滅多にあることではないのだろう。いつか時が過ぎて、若さゆえの情熱が薄れた時、男を愛する者達は独りに戻るのだろうか。

いや、普通に結婚したところで、共に白髪の生えるまで添い遂げられる夫婦がどれだけいるのか。

別れは人の宿命だから、初助ばかりがその回数が多いからといって、それで不幸だとばかりは言い切れないのだが、やはり哀しい。哀しすぎる。

慌てていたからだろうか。台所にあるテーブルの上に、時計と並べて扇子が置いてあった。ここ最近見ないと思っていた、あの花柄の派手な扇子だ。

　要は手にして開いてみる。牡丹の描かれた女物で、舞を舞うときに使われるものだった。

「師匠のセンスじゃねぇな。おっ、扇子にセンス。洒落になってらぁ」

　言った端から、要は一人で笑う。笑い声は静かな家の中、吸い取られるようにして消えていった。

「寒ちゃん…俺は…俺は…ああ、思い出した。思い出しちまった」

遠い昔に見た扇子の柄が、昨日見たように記憶の底から蘇る。すでにかなり酔ってきた要は、寒也に縋り付いてべそべそと泣き出した。

「おいおい、出来上がっちまったのか」

共に白髪の生えるまで。そんな約束を、寝物語のうちに幾度しただろうか。要はあの頃の初助と同じ年頃になったが、今でも寒也は変わらず要の側にいる。

夫婦茶碗は生憎ない。けれど同じ大きさで、同じ柄の茶碗が二つ、当然のように要の家にはあった。そんなことを考えると、我が身の幸せに比べて、今さらのように初助が気の毒になって泣けてくるのだ。

「寒ちゃん、大事にするからな。この間のあれは、俺が悪かった」

「おいおい、いきなり何の話だよ。しょうがねぇなっ、んったく、酒が弱くて」

寒也は要が弱いと知っていて、わざと飲ませた節がある。このインタビューの主導権を、寒也は奪いたかったのだ。

どんなに飲んでも滅多に酔いつぶれない寒也は、要の背中をよしよしとさすってやりながら、鋭い一瞥《いちべつ》を一色に向けていた。

「一色さん…あんた、やっぱりこの話は諦めるべきだよ」

「この話って…初助師匠の評伝ですか」

「ああ、そうだ。人には知られたくない過去ってやつがあるんだからさ。わざわざそれをほじくり出して、それで稼ごうなんてのはまずい了見だぜ」

「そうでしょうか…。金の問題じゃないんですけどね」

ちびちびと焼酎を舐めるだけになった一色は、まだ要よりは酔っていないだろう。けれど最初の頃より強気に見えるのは、やはり酒の力だった。

「いや、金だよ。あんたは人のやらないことをして、金儲けがしたいだけさ。初助師匠には文句を言うような身内はいない。何を書こうと自由だ。調べればおいしいネタも出てくるし、こりゃあうまくやったら大成功だくらいに考えてるんだろうが」

寒也の棘のある言い方に、一色は眉を曇らせる。一色が話したい肝心の要の方は、もう完全に酔いつぶれていた。

「要にとっちゃ初助師匠は親も同然だ。下手なことは口に出来ないだろう。俺も元は山九亭の門下にいた人間だが、要よりは自由に何でも言える。だからはっきり言っておく。初助師匠のことを下手に書くと、迷惑する人間が大勢いるぜ」

「どういうことです…」

「あんたも物書きなら、想像力ってやつを働かせなよ。初助師匠のことをどれだけ調べたか知らないが、そろそろ気が付いてもいい頃じゃないか」

「……」

一色はノートに手を触れる。そこには初助という人間の断片が、何の繋がりもなく書き連ねてあった。完成していないジクソーパズルのように、そこにはまだ何の絵も浮かんではいない。

寒也が口にしているヒントの答えを塡め込んだら、そこにはっきりと初助の肖像画は現れるのだろうか。

「師匠が死ぬまでの間、何人の女が登場してくる。そこにメモしてあるんなら、読み上げてみろよ」

「はっ？　女ですか。母親の浮船亭小波《うきふねていさざなみ》と…」

そこで初めて一色は、他には一人の女性の名前もないことに改めて気が付いた。

父親ではないかと疑いのある下村を始めとして、知人なのか親戚なのか、ともかく出て来た名前のほとんどが男だったのだ。

「師匠の人生は特別だよ。そこにある名前の中には、まだ生きてるやつが何人もいるんだろ。下手に書き立てると、あんた…立場が悪くなるぜ」

寒也の口調は半《なか》ば脅しだ。

けれど一色は、聞かないわけにはいかなくなっていた。

「そうか…考えてもみなかった」

芸人の私生活は様々だ。派手に浮き名を流すやつもいれば、私生活はびっくりするほど質素で地味な人間もいる。

破天荒な生き方が洒落になる噺家の中で、初助はどちらかというと地味な方だと一色は勝手に納得していた。

けれど表面に顕《あら》れない部分では、初助はとんでもない波乱の人生を生きたのかもしれない。それを調べ尽くしたら傷つく人もいるだろうことを、一色は想像もしていなかった。

「さすがに頭はいいね。もう分かっただろ。初助師匠ってのは、男を喰って生きてた人なのさ」

「そうだったのか…」

一色はノートに挟んである袋の中から、何枚かの写真を取りだして、寒也の前に置いた。

「この写真を持っていた下村さんは、師匠の父親だったんでしょうか。それとも…失礼な言い方だが…愛人」

「どうして知りたいんだい」

「出版が無理だとしても、物書きの哀しい性《さが》ってやつですよ。私は真実を知りたいんです」

「そりゃ無理だ。真実なんてものは、師匠しか知らない。師匠は何もかも一人で抱えて、墓場に持っていっちまったからさ」

寒也はあまり減らない一色のグラスに、とぼとぼと焼酎を注ぎ足してやった。そして片手で要を優しく労《いたわ》りながら、自分のグラスにも新たに焼酎を注いだ。

「ただ一つだけはっきりしてるのは、こいつが弟子入りしたお陰で、師匠の人生もそれほど寂しいもんじゃなかったってことだけだよ」

「そうですか」

「家族のいない師匠だったが、こいつのことは息子…いや、娘みたいにして可愛がっていたからさ」

「まさか感謝師匠とも…その」

「いや、こいつのためにも言っておくが、それはない。師匠が欲得抜きで可愛がったのは、こいつだけだから」

二人は同時に押し黙ると、セピア色の写真に目を落とす。そこに写ったものの背景にどんなドラマがあったのか、もう知る手だてはなくなった。

想像力を駆り立てる写真ではある。ここからいくらでも、物語を組み立てることは可能だろう。

ある意味、これが一色の手に渡ったことは、初助にとっても幸いだったのかもしれない。

一色ならここで諦める。

まるでそう知っていたかのようだ。

期待通り、一色は諦めた。隠そうと思っていたからには、掘り起こすのは難しい。

けれど一色が期待した以上の物語が、初助の人生にはあったのだ。

シャーシャーと蟬が鳴いている。終戦の年、ほとんどが焼け落ちた東京の一画に再建された中学校の庭には、まだ幹も細い銀杏の木が植えられていた。もっとも激しかった東京空襲の間、土中深くで過ごした蟬たちが、何も知らずにのこのこと出て来ては、今を盛りと鳴いているのだ。

「倉木さん。この成績をご覧になったら、進学するべきだと納得されると思います。壱矢《いちゃ》君の成績はとてもいい。いずれは東京大学への進学も夢じゃないですよ」

それまで東京帝国大学と呼ばれていたものが、東京大学と名称を改めた。戦後五年になる混迷した社会でも、東京大学が最高学府である事に代わりはない。中学の担任は、十五歳の初助に対して熱心に進学を勧めていた。

母の浮船亭小波こと倉木浪江《くらきなみえ》は、派手な扇子で胸元に風を送りながら、どうでもいいような態度で聞いている。その横に座っている初助は、真っ白な開襟シャツに折り目のついた黒ズボン姿で、国民服を直したものを着ている担任より、余程見目がよかった。

「僕は第一高等学校への進学をお薦めします。壱矢君の成績でしたら、申し分なく入学が可能だと思いますので」

まだ若い担任に、浪江は媚《こ》びのある笑顔を浮かべてみせる。そしてあーあと小さく呟いてから、何とも魅力的な声で言った。

「先生…申し訳ございませんが、芸人の子供ですからね。壱はもう芸名も決まってるんですよ。浮船亭初助で、いずれはあたしの後を継いで講談師になるんですから」

「いや、芸人だってこれからは教育の時代ですよ。時代はどんどん変わっています。教育を受けることは大切です」

「じゃあ先生。その学費は誰が出してくれるんです？　あたしにはそんなあぶく銭はありませんて」

それは嘘だと初助は思う。戦時中は確かに、着る物を売ってでも食いつながないといけない時期があったが、戦後になってからは母も仕事を取り戻した。今着ている着物の値段で、高校くらいは楽にいけるだろう。

「頭がいいからって、それで稼げるとか、いい人になれる保証もないでしょう。第一あの戦争を引き起こした連中だって、大層頭のよろしかった方達ばかりなんだから」

口達者な浪江の前では、担任も形無しだ。熱心に進学を勧めてくれたが、浪江の耳にはまさに馬の耳に念仏というやつだっただろう。

話し合いを早々に切り上げると、浪江と初助は中学校の校舎を出た。

浪江は真っ白な日傘を開く。薄水色の絽の着物に、紫の帯といった姿は日中に見るとやはり派手で、まだもんぺ姿の婦人の姿も混じる路上で異彩《いさい》を放っている。

初助は浪江の後を少し遅れて歩いていた。

「壱、気をつけな。学校の先生だからって安心してると…。インテリのふりしてるが、どうせ男好きなのさ。壱の器量がいいもんだから、進学とかを餌に、どっかに引きずり込もうって魂胆さ」

振り返りもせずに、浪江は自分の思ったままを口にする。初助としては、このまま芸人になるよりも大学までいって違う人生などを体験してみたかった。担任の説得に期待していただけに、失望も大きかった。

そこにさらに追い打ちをかけるような浪江の暴言だ。

十五歳の少年は、丸みのある尻を振って歩く母親に、殺意に近い憎しみを覚える。

家が近づいてくると、人通りも増える。夜には一層明るくなるのだ。公娼を置いた、俗に赤線と呼ばれる売春地域だった。

「こんなとこから帝大かい。馬鹿にされるのがおちだよ。芸人の子なら、それらしく芸を磨くことに精進しな」

浪江だって初助が、同じ年頃の子供に比べてずっと頭がいいのは知っているだろう。楽屋で聞いているだけで、講談をほとんど空で言えるような子供だ。

「あーあ、こんなお天道様が明るい時間に歩かされて、襦袢《じゅばん》が汗だくだ」

文句を言って歩いていた浪江の足が、その時止まった。見ると浪江の前に、一人の男が立ち塞がっていた。

「小波…」

男は小さな声で呼ぶ。

「あら…」

何とかさんと、相手の名前を浪江も親しげに口にしたのだろう。けれどその声は、すぐに呑み込まれた。

男はいきなり浪江に抱き付き、帯の下辺りを刃物で刺したのだ。

真っ白な日傘がころころと地面に落ちた。

太陽は中天《ちゅうてん》にあり、物の影は皆短い。浪江の影も、男の影も小さくて、白っぽい埃だらけの路面を僅かに黒くしているだけだ。

その影に朱が混じるのに、それほどの時間はかからなかった。

男は何度も浪江を刺した。薄水色の着物は、あっという間に朱にまみれ、音も立てずに浪江が倒れるのを初助はただじっと見ていた。

血だらけの匕首《あいくち》を手にした男は、走ったわけでもないのにハーハーと肩で息をしている。震える手から匕首が落ちる様子もないから、初助は次には自分が刺されるのかとぼんやり考えていた。

死ぬのはそんなに恐くない。戦時中には死はありふれたもので、明日の保証などどこにもなかったのだから。

けれど痛いのは嫌だった。

白い開襟シャツは気に入っていたから、それが引き裂かれて血染めになるのも嫌だった。逃げるべきなのか。それとも母を殺した男に戦いを挑むべきなのか。

四つ辻の真ん中に立っていたから、どうとでも逃げられただろう。けれど足は竦《すく》んだままで、一歩も動き出せない。

何も決められないうちに、騒ぎを目にした人の通報で近隣の建物から男衆が出て来た。警察に通報せんかと叫ぶ声を聞いて、浪江を刺した男は自分の首に匕首を突き刺す。

血が噴き出して、男はどっと倒れて動かなくなった。

何もかも一瞬の出来事だった。最初から最後まですべて見ていた初助は、ああ映画の死ぬ場面は嘘だ、現実はそんなに苦しまないであっさり死ぬもんだと、おかしな感想しか抱けなかった。

浮船亭小波の不幸は、美しく生まれついてしまったことではないだろう。あまりにも芸達者で、男勝りの性格が災いしたのだ。

恋愛においても、自分の方からリードしないと気が済まない性格だったから、ちょっとでも気に入らなくなると男をすぐに乗り換えた。金を貢いだり、中には家庭を犠牲にした男もいたから、恨みは相当買っていた。

こんな悲劇は、いずれ誰かの手によって起こされると予想はついただろう。なのに彼女は悔《く》い改めることもなく、信念のままに男を翻弄し、その結果、時代もよくなってこれからという時にあっさりと死んでしまった。

犯人が誰かなんて、初助は興味も湧かなかった。その男でなくても、いずれ誰かが同じことをやったなら、犯人の名前に意味はない。

新制中学の三年で孤児となったが、当時は同じような境遇の子供は大勢いたから、特別視されるようなことはなかった。

中学の担任は、自分が引き取って面倒をみてやろうかとまで言ってくれたが、初助は断った。親切で優しい教師だったし、初助によからぬことを仕掛けてきた事もないから、ここで信頼していたら、その後の人生はまた違っていたかもしれない。

だが初助は、母の血によって自分も汚されたと感じていた。やはりまともな世界に踏み込んではいけないのだ。進学したいなんて夢を持ったために、母が犠牲になったような気もする。

もちろん何の因果関係もないのだが、そうとでも思わなければやっていけなかったのだ。母が殺される直前まで、自分も殺意を抱いていただけに、寝覚めが悪かったのもあっただろう。

さらにもう一つ理由があった。

親切な担任は、初助好みの男ではなかったからだ。

もし担任が、背の高い色男だったら、あるいは彼の許に身を寄せたかもしれない。黒縁眼鏡の痩せた男で、背も低かったから、初助はどんなに優しくされても彼を好きになれなかったのだ。

結局初助を引き取ってくれたのは、噺家の山九亭侘助《さんきゅうていわびすけ》だった。

侘助は、小波には世話になったという理由で引き取ってくれたのだが、女房はそうは思わなかったらしい。二人の間に何かあったから引き取ったんだと、勝手に邪推していた。疑われても仕方ない。浪江は初助にさえ、本当の父親の名前を教えなかったのだ。もっとも浪江にしても、いつ誰と寝た結果で身籠もったのか、自分自身でもよく分からなかったというのが本当だろう。

浪江に教えられたのは、悪いことばかりだ。

その一つが煙草。そして身にそぐわない贅沢だった。

戦局が悪くなるまで、浪江の生活は人気講談師らしい華やかなものだった。自分で料理などはしないし、着る物は簞笥何竿分もある。調度のいいものに囲まれて暮らし、初助の面倒を見るための乳母《うば》と、手伝いの小女《こおんな》を二人も雇っていたのだ。

花が咲いたといっては方々に出掛け、やれ疲れたといっては箱根で湯治《とうじ》三昧《ざんまい》。金がどこから出てくるのか初助は知らないが、幼少の頃は毎日がそんな暮らしだった。

さすがに戦中は浪江も、簞笥の中の着物を売ったり、闇市に顔の利く男相手に娼婦まがいのことをして、どうにか糊口《ここう》を凌《しの》いでいたが、それも戦後でまた戻った。

家を建てるまでにはいかなかったが、小女一人を雇えるくらいの住まいを借り、中学生になった一人息子の初助のために、学生服やら勉強机やらを用意してやっていたのだ。

幼い頃と違って中学生にもなると、舌は肥え、絹と木綿の肌触りの違いも分かるようになる。

侘助の家で住み込みの前座修業となったが、もう中学さえまともに通わせてもくれず、飼い猫よりも粗末な食事を与えられる状態では、やはり師匠の家とはあっても耐えられない。すぐに初助は、母に教わった処世術で切り抜けた。

金を持っていて、騙しやすそうな男を探したのだ。

なぜ女ではなく男なのか。初助にも分からない。

初体験の相手が男だったからだろうか。

何の感慨もない初体験だった。復員してきたばかりのその男は、浪江が留守だと知ると、お前でもいいと言って初助を犯した。息子に情交の場面を見られても平気な浪江の許で育っていたから、ああこんなもんかで済んでしまった。

体がすっきりしてしまうと、その男はさすがに悪いと思ったのか、売って小遣いにしろと初助に煙草を何箱かくれた。浪江には黙っていろといい、まだ幼かった初助の体を気遣ってもくれた。

やったことは狼藉《ろうぜき》でも、その後男は優しかった。

女は恐い。自分の母もそうだったし、世話になった侘助の女房もそうだったせいで、擦り込まれてしまったのかもしれない。

それに比べて男達は、初助に対しては優しい。浪江が生きている時は、浪江のご機嫌取りのために初助にも優しくしてくれていたのだろうが、一人になったらどうだろう。

試しに引っかけてみた、東北の豪農の息子で慶応大学に通っていた色男は、初助が信じられないほど優しくて、やはり初助は自分の選択は正しかったと納得してしまった。

十六で前座でデビューし、二十歳前には二つ目になっていた。当時としてはスピード出世だ。いろいろと陰口も叩かれたが、初助は芸を磨くことで跳ね返した。

男との関係も、深入りせずにうまくやるこつも覚えた。危なくなったら、ころりと転がった日傘を思い出す。刺し殺された母の着物は、血に染まって真っ赤になっていたが、手から落とした日傘には血の飛沫《しぶき》一つついていなかった。あれはまさに、うまくやんなよという母の最後の教えだったような気がする。

そうして二つ目で五年も過ぎた頃、初助にもちょっと頭の痛い問題が持ち上がった。

「景気がよくなってきたせいかな。寄席も大賑わいじゃねぇか。協会の方も形になってきたし、そろそろあれだな。真打ち襲名のお呼びがかかるだろ」

侘助は初助の差しだした包みを受け取ると、細い目をさらに細くして言った。

その日の高座に上がる前に、初助は師匠の侘助の家を訪れていた。昨夜寝た男から貰ったジョニーウォーカーの黒ラベルを、洋酒好きの侘助に回すためだ。

四人の子持ちで、さらに弟子が二人も住み込んでいる侘助の家は、相変わらず貧乏臭い。借家とはいえ、初助の住まいの方が余程小綺麗だ。

最初は初助に辛く当たった侘助の女房も、この頃は以前ほど無愛想ではない。初助はよくこうして貢ぎ物を届けてくるし、何かと注目される出世頭となったからには、粗略《そりゃく》にも扱えないだろう。

しかも初助は子供たちに小遣いをやったり、菓子を買ってきたりする。貧乏暮らしでさくれだった侘助の女房の心も、そんな程度の心遣いで充分に潤った。初助が挨拶すれば、あの頃は悪かったねと言うようにもなっている。

今日も洋酒を侘助から受け取って、女房は歯のない口を開けて笑いながら、おめでとうと言ってくれた。

「襲名ですか…」

初助は自分の知らないところで、話がもうかなり進んでいる様子なので驚いた。

顔立ちはますます母の浪江に似て、初助はまさに花の盛りだった。

寄席のテレビ放映も始まり、各家庭へのテレビの普及率も高まった。それまではラジオ放送で聞くか、寄席に足を運ばないと落語を聞けなかった人々が、自宅の居間で聞ける時代になったのだ。

敗戦は過去となり、街は未曾有《みぞう》の建設ラッシュで賑わっている。高速道路の建設も進み、市場には物が溢れ、明るい未来を夢見ていられる時代に差し掛かっている。銀幕では新しいスターが次々と登場し、歌謡曲のレコードも売れるようになった。なのに寄席の世界だけが、旧態依然としている訳にもいかない。

寄席にも新しいスターが必要だ。

芸がうまく、テレビに映し出されても見劣りがしない噺家。

若くて出世頭なんてことだったら、もっといいだろう。

そんな理由で、協会が初助をほっておく筈はなかった。

「どうだい、初助。襲名披露をするのに、紋付き羽織袴は質屋に入っておりましてなんて、笑えないことはお前にはねぇだろう」

二つ目は金銭的に一番厳しい時代だ。高座のワリは少ないのに、一本立ちしたからには生活は自分でしていかなければいけない。売れない二つ目の生活は実に悲惨で、紋付きの羽織袴は通年質屋の蔵に入ってますなんてのもざらだった。

だが初助は売れっ子だったから、日に何軒もの高座の掛け持ちをしている。しかも常に金持ちの男と付き合っていたから、金に不自由したことはほとんどなかった。

しかし真打ちの襲名披露となると話は別だ。まとまった金が必要になる。

ある程度の酒席を用意して、これまで世話になった人達を招待しないといけない。その時に手拭いや扇子を新たに作って配ったり、それ相応の引き出物なども用意しないといけなかった。

借金をしても返せる当てがあればいいが、やはり噺家稼業も水物だ。明日の保証などというものはどこにもない。身内に金策を頼みたくても、初助にはそんな親戚縁者は一人もいなかった。

「師匠…あたしにはまだまだ早いお話で」

とりあえずはここは頭を下げてでも、断るしかなさそうだ。一年間必死に働いて金を貯めてからと考えたが、侘助はいい返事をしなかった。

「ものには順番ってものがあるだろう。それを無視するんだ。協会が臍《へそ》を曲げないように、ここは素直に言うことを聞いておけ」

「ですが前座で三年、二つ目になってもまだ六年過ぎておりません。あにさんもまだだというのに、あたしのような未熟者が」

侘助には初助の兄弟子に当たる、一松《いちまつ》という弟子もいる。一松がまだ二つ目なのに、兄弟子を追い越しての真打ちというのは、やはり気持ちのいいものではない。

「何、一松にはいずれ侘助を襲名させる。その代わり初助は、その名前のまんまで襲名だ。それでよしとさせるから」

師匠の言葉は絶対だ。逆らえる筈もなかった。

さて金がいる。今付き合っている男の中から、ぽんっと大金を投げてくれるような相手を捜そうと思ったが、これがなかなか難しい。

最近は自分でも稼げるようになったから、どうしても遊び相手の男は容姿で選んでしまうことが多い。遊ぶ金には不自由していなくても、色男は金と何とかはなかりけりの言葉通り、大金持ちとは言い難かった。

思案に暮れつつ、その日も夜の高座に上がった。

確かに初助が出る日には、空席がほとんどない。女性客も数多く、狭い寄席に甘い化粧品の香りが漂っていた。

「初さん。客からリクエストだよ。『文違い《ふみちが》』をやれってさ」

席亭がメモした紙をすっと寄越す。新宿の女郎が、惚れた男のために、客を騙して金を無心する噺で、初助は今の自分の境遇が被って苦笑いするしかなかった。

「男を手玉に取る噺か…」

以前手玉に取った呉服屋の若旦那に貢がせた、上物の着物を着ていた。すぐに帯で縛りたがる、おかしな性癖ばかりはよく覚えているくせに、さてその若旦那の顔が思い出せない。若旦那の豪遊で借金がかさんで、親元の呉服屋が倒産した後、若旦那はどこで何をしているのやら。道ですれ違っても、初助はきっと気が付かないだろう。

別れた男のことは、すぐに忘れた。それが自分の心を軽くする方法だと、初助はまだ二十代の半ばに差し掛かったばかりで悟ったのだ。

けれどそれは、未だに本物の色恋を知らないせいでもある。寝ては夢、起きては現《うつつ》、幻のと、そこまで一人の相手に惚れたことがないから、簡単に忘れることが出来るのだ。

「えーっ、結構なお運《はこ》びでございます。今夜は女性のお客様が殊の外多いせいか、白粉《おしろい》のほのかな香りが…何とも艶めかしく…くらくらとしてしまいそうですが…。女性には聞かせたくない噺をあえて選ぶという…初助流の洒落でございます。新宿の宿場女郎をいたしておりましたお杉…」

初助は宿場女郎でありながら、惚れた相手のために客を騙して金を算段しようとする女を演じる。時には涙で迫り、時には妖艶にかき口説いて金をねだる様子は、まさに独断場だった。

最後は田舎者の男が、自分が一番惚れられていると、勝手に勘違いしているところで終わる。それまであだっぽい女郎を演じていた初助が、訛りのある田舎者に変身していた。拍手が大きい。この後に出る真打ちクラスの噺家は、さぞや嫌だろう。真打ちよりも人気のある二つ目なんてものは煙たがられる。

だったらいっそ真打ちになってしまった方がいいのかもしれない。そうすれば年は下でも対等だ。もうこんなおかしな気遣いで悩まなくて済む。

そのためにも金が必要だった。

「初助師匠」

帰ろうとしたら出口で呼び止められた。品のいい中年の男なので、初助はつい小腰を屈めて挨拶してしまったが、さて誰なのか分からない。

「よろしかったら今から、ある方の酒席にいらしていただけないでしょうか」

「どちらですか？」

多少の警戒心を示したせいだろうか。男は懐《ふところ》から名刺を取りだして、私の名刺ですと初助に差しだした。そこにはありふれた名前が書かれているだけだ。

「お名前をここでは明かせませんが、ある大企業の取締をなさっておられる方です。よろしければ、私の運転でそちらにご同行願えませんでしょうか」

男は黒塗りの高級車を示す。その手に真っ白な手袋がはめられていたから、この男はただの運転手かもしれなかった。

請《こ》われるままに初助は、車中の人になった。黒塗りの高級車が辿り着いたのは、築地に近い場所にある洒落た茶屋で、部屋にはすでに相手が待っていた。

「結構なお席にご招待いただきまして」

畳に頭をすりつけるようにして挨拶した。

金持ちの旦那衆に贔屓《ひいき》されるのはありがたい。特に金に困っているこんな状況では、銀行に融資の口を利いてくれるだけでも助かる。

「小波によく似ている。さすがに親子だな」

声に顔を上げると、掛け軸を背にした上座に、身綺麗な紳士が座っていた。

髪にはかなり白いものが混じっていて、目元の皺は深い。初老と呼べるような年だろうか。着ているものは高価そうなスーツで、体にぴったりしている。全体的にほっそりとした体型だというのが、それでわかった。

座敷には他には誰もいない。普通このクラスの部屋だったら、芸者のねぇさん連中がお酌していたり、三味線と鳴り物でも持ち込んで賑やかにやっているものだ。

女がいないということは、酒が済んだら隣室に引きずり込まれるのかと、初助も覚悟を決めないといけない。

好みのタイプの男ではなかったが、金持ちの旦那だというのなら諦めるしかない。正体もよく知らない相手だ。裏でどれだけの影響力があるかもしれなかった。

「小波はこれからという時に死んで気の毒だったが、思うように生きたんだ。男に刺されて散ったのは、ある意味本望だっただろう」

　男は猪口《ちょこ》を手にする。初助は立ち上がることもせずにじり寄り、銚子を手にして酌をした。

　間近で見ると、男の顔に見覚えがあるような気がする。初助はよく新聞や週刊誌を読むから、その中の記事で見かけたのだろうか。

　または以前、小波の取り巻きの一人だったかただ。

「若輩の噺家でございます。御前…お名前を教えていただけますか？」

「下村だ」

　それしか男は教えなかった。財閥グループの流れを組む巨大企業、五和《いつわ》グループの会長だと初助が知ったのは後からだった。

「初助、芸がうまくなったな。そろそろ真打ちだろう」

「とんでもございません。まだまだ未熟な芸で、お恥ずかしい限りです」

　謙遜しつつさらに酒を勧めると、返杯の盃が下村から差し出された。初助はそれを受けてきゅっと呷る。誰にどう似たのか、酒はどんなに飲んでも酔い潰れたことはなかった。

「いい飲みっぷりだ。小波も平気で一升酒を空けた」

　やはり取り巻きの一人だったのだろう。もし初助の記憶に間違いがなければ、箱根の湯治によく連れて行ってくれた男だったかもしれない。

当時はまだ三歳くらいで、人の顔の記憶も朧気《おぼろげ》だったが、細い口髭や洋物煙草の匂いに、そこはかとなく見覚えがあった。

もしかしたらと思わないでもない。

母が告げなかった父の名に、初助は下村と被せてみる。

勝ち気な浪江は、大人しく誰かの愛人に収まるような女ではなかった。下村がある程度の大物だったら、当然、愛人の一人も囲ったり、子供を生ませることだってあっただろう。浪江をそうするつもりでいたなら、下村はきっと裏切られた筈だ。

落語か新派の舞台なら、もしやあなたはおとっつあんと、ここで涙の場面になるのだろう。けれど現実は複雑だ。

下村は、自分の子供かもしれない初助を抱くつもりだろうか。いくら初助でも、さすがにそれだけは勘弁してもらいたい。内心浮かんだ疑惑を口にすることもせず、初助は猪口の自分が触れた部分を手拭いで素早く拭い、下村に返してまた酒を注いだ。

「芸はうまくなったが、食べるために男と寝るようではまだまだだ。小波には男が何人もいたが、体を売ったことはなかったぞ」

「……はい……」

いや、戦時中は体も売った。着物を売るだけでは足りずに、白い米を食べるために、浪江は平然と男と寝ていた。

下村がそれを知らないのは、二人の関係が途絶していた証拠だろう。初助はあえて下村の夢を壊す必要はないと、黙って聞き流した。

「噺家が貧乏自慢をするような時代は終わったよ。これからは粋や贅沢を知った人間が、華のある時代になる。世の中は豊かになって、誰でも殿様気分を味わうようになるだろう」

経済人の下村の予言は、その後見事に当たるのだが、当時の初助が知る筈もない。ただ豊かな世の中になっているのは実感しているから、静かに頷くしかなかった。

「家が一軒空いている。芸者が住んでたんだが、関西の旦那に引かれたんだ。手伝いのばあさんもいるから、よければそこに越しなさい。名義はいずれ書き換えてやる」

「あたしにですか？　そんなもったいない」

「おかしなことを言うな。初助にはたかが家一軒の価値もないのか」

「まだ二つ目の駆け出しでございます。身分不相応で…」

「贅沢をするために、つまらん男と寝るよりはましだろう。そんなことに四苦八苦している時間があったら、もっと稽古をしたり教養を積んで、一端の噺家になる努力をしたらどうだ」

それを言われると耳が痛い。

愛もないのに、娼婦のように男に体を与えている自分を恥ずかしいと思う気持ちも、初助にはあった。

「はい…ですが、あまりにもありがたいお申し出で」

「もちろんただでとはいわん。条件は出す」

「では…旦那様のお相手を…」

上目遣いに下村を見る。

もしかしたら自分の父親かもしれない男。

浪江を、いや、浮船亭小波を愛していた男だ。

それは人として許されることなのか。

下村は自分になびかなかった小波に復讐するために、金でその息子を自由にしようというのか。

「そうしたいところだが、生憎とわしは若い頃からの乱交が祟《たた》ってな。もう愉しめない体になってしまった。そっちの相手はしてやれん代わりに、若い男を世話してやろう」

男を世話する。そんな話は聞いた試しがない。

初助が不安そうな顔をすると、下村は作り物めいた笑いを浮かべて、さらに酒を初助に勧めた。

「安心しなさい。病持ちや、獣の相手をしろと言ってるんじゃない。初助の好みは、背の高いがっちりとした色男だろう。ちゃんと好みの男を用意してやるから…わしの目を愉しませろ」

「……」

家なんていりません。誰があんたの愉しみのために、男に抱かれている場面を見せないといけないんですか。ふざけんじゃないよと、卓をひっくり返して啖呵《たんか》の一つも切ればいい。

売れっ子の小波だったらやっただろう。

けれど初助は出来なかった。

男を手玉に取るのに、疲れてきたのかもしれない。どの男も初助にすぐに夢中になってしまうから、別れるのが段々と難しくなってくる。このままではいずれ、浪江の二の舞になりそうだった。

下村もそれなりの地位にあるのなら、ここで何が起ころうが秘密が外に漏れることはないだろう。だったらこれからどんどん顔も名前も売っていこうという初助にとっては、下半身のスキャンダルが曝されて怯える心配もなくなる。

一石二鳥という言葉が脳裏を掠《かす》めた。

ずるいと言えば言え。ずるくもうまくも立ち回らなければ、天涯孤独、この身一つで生きていくのは難しい。

「小波と違うのはそこだな」

下村は初助の記憶にある、洋物のいい香りのする煙草を銜えて火を点ける。俯いたその顔は、どこか哀しげに見えた。

「どう違うんです…」

「逆ならよかった」

浪江が男で、初助が女だったらよかったという意味だろう。

確かにその通りかもしれなかった。

ほどなくして男が現れた。相手の男にも事情はよく説明されているのだろう。余計なことは何も言わずに、襖を開いて隣室に消えた。

やはり予想した通り、隣室にはすでに夜具の用意がある。初助は確認するように、もう一度下村を見つめた。

「初助好みのいい男だろう。わしは別室で見ている。せいぜいいい声をあげてみせて、わしを愉しませてくれ」

他にも隠し部屋があるのだろうか。下村はそのまま姿を消した。初助は黙って隣室に入り、三つ指ついて相手の男に挨拶した。

「こんなふつつか者ですが」

「綺麗な兄さんだね。安心していいよ。酷い真似はしないから」

男はすでに服を脱ぎ、裸になっていた。慣れた様子からしたら、すでに経験は豊富なのだろう。短髪でがっしりとしたいい体をしている。顔も決して悪くはなかった。

「初めてってことはないだろう？」

「はい…」

部屋の電気は消されて、枕元のスタンドだけになった。すると部屋の雰囲気はがらりと変わり、淫靡《いんび》な空気が心をも変える。

初助は着ていた着物を脱ぎ捨てて、横になった男の傍らに寄り添った。

「肌が綺麗だ。指触りがいいよ」

男は名前も名乗らない。そういう約束だからか。

愛撫は丁寧で、緊張している様子もないのが救いだった。

「見られていても平気ですか？」

初助は男の耳元に口を寄せて訊いた。

「あんたは？　辛いか」

「いえ…もう自棄です。どうとでもなれって感じです」

男は低く笑った。

「そうさ、どうってことないよ。見られていようがいまいが、堂々と男相手に愉しめる場所なんてそうはない。あんたも愉しみな」

そんなことをするのに何の抵抗もないのか、男は初助のものをすぐに銜《くわ》えた。初助も同じようにしてみせる。

男同士だ。どこをどうすれば悦ぶか、相手もよく分かっていたし、初助も知っていた。

「ああっ…」

変な思い入れがないだけ、気楽に快感に溺れることが出来た。隣室の住人に気遣いする必要もないので、思いきり声もあげられる。

「あっ…ああ」

男は初助のその部分に指を忍ばせながら、巧みに口で前の部分を可愛がる。躊躇《ため》いもなく思うようにやっているが、悦ばせ処は熟知していた。

見られているという意識がなくなった。

男に抱かれるのはこんなにいいのに、ただ見ていることしか出来ない下村を気の毒に思う。

初助が自分の子供ではないかという疑念があるから、下村はわざと別の男を雇ったのかと思わなくもない。それともなければ下村には、最初から男を相手にする趣味がなかったかだ。

「いいのか、兄さん？」

口を離した男は、初助の上気した顔を見て満足そうに微笑む。

「いいですよ…たまらなくいい。いつも自分がしてやるばっかりで…こんなことしてもらったのは初めて」

嘘でもない。たいがいの男は、初助が男と寝る初体験だったから、いつでもリードしてやらないといけなかったのだ。

「とんだ役得だな。おれも兄さん相手だと、その気になるのが簡単だ」

男はくるんと初助を俯《うつぶ》せにすると、背後からその部分に屹立したものをあてがってきた。

下村が本当に男として駄目になっているとしたら、お気の毒にとしかいいようがない。だったら初助のように、自分の体の別の使い道を覚えたらいいのにと、つまらない考えがふと浮かんだ。

だが自分の中に女の要素があることを、決して認めたくない男の方がはるかに多い。男に抱かれたら、それで自分が女になってしまうとでも思っているのか。

初助は男に抱かれているのじゃない。

男を喰っているのだと思っている。

喰うのには男も女もない。現に浪江は女だったが、あれは男に抱かれていたのではない。

喰っていたのだ。

「もっと…強く…奥まで…」

初助は腰を振ってねだった。どうせなら徹底的に愉しみたい。男のものは十分な大きさがあったから、初助は楽に一番感じる部分へと導くことが出来た。

「ああ…あっ」

シーツを握りしめながらのたうっていた初助は、オレンジの淡い光に照らされた美しい男の姿に目がいった。

すぐに鏡だと気が付いたが、こんな部屋にはあまりにも不釣り合いな鏡だ。

ああ、この鏡がマジックミラーとかいうやつで、向こうからはガラスを通したようにこの部屋の様子が見えるのだろう。

「いいっ…ああっ、あんっ」

初助は巧みに動いて、鏡の向こうの人間によりよく見えるようにしてやった。

息子が抱かれるのを見て悦ぶ父親なんているものか。やはり下村は、浪江に振られたことを根に持っているのだろう。本当なら自分が殺したかったのに、誰かに先を越されてしまった。悔し紛れに息子の初助に、おかしなことをけしかけている。

そう考えれば哀しみも薄らぐ。

母の愛も知らなかったが、父の愛も知らない。知らないなら知らないままで、せめて綺麗な夢でも見せておいて欲しかった。

「こんなものを…見たがるなんて」

男のものが、激しく初助の中に出入りしている。男も見られていることを承知しているから、わざとよく見えるように初助の足を大きく開かせ、入り口まで抜き出してまた挿入することを繰り返していた。

鏡に向かって、初助は笑おうとした。けれど快感に溺れた顔は笑いにはほど遠く、苦しんでいるようにしか見えなかった。

与えられた家は、結構な広さだった。大邸宅とまではいかないが、程よく手入れされた庭もある。和室が五間に、十二畳はある洋間があって、台所も風呂場も使い勝手がよかった。元住んでいたのが独り者の芸者だったから、傷みも少なく、子供の落書きもない。近くに住んでいるという通いの老婆が、掃除や洗濯をやってくれた。頼めば簡単な調理もしていってくれる。生活は実に快適になった。

さらに下村は、初助にいい仕事を回してくれるようになった。梨園《りえん》の花形役者の結婚式の司会とか、外国から来た著名人に日本の庶民文化を紹介する仕事とか、華があって、プライドをくすぐられるようなものばかりを紹介してくれたのだ。

下村はある意味、初助を愛しているのだろう。噺家としての才能に惚れたのか、またはもしかして息子かもしれないと思って可愛がっているのか、どちらともはっきりしないが、愛情もなしに出来ることではない。

あの顔でいいおだんを摑んだのかと、仲間内からも嫉妬された。けれど陰口をどんなに叩かれようと、初助の芸の魅力が優《まさ》っていた。一度高座に上がれば、初助の今の地位に皆納得してしまえる。

金の心配のない真打ちの襲名披露は、華やかなものになった。ホテルでパーティを開いたが、そこには芸能人や財界人もちらほらと顔を出し、雑誌の取材も多かった。

そこで満足すればいいのだろう。

なのに初助は、素直に喜べなかった。

下村はそうやって初助に甘い蜜を与えながら、裏では男をあてがって支配している。それがどうあっても初助には、母の浪江に対する婉曲《わんきょく》な復讐にしか思えなかったのだ。

初助が男としか出来ない体になっていくのを、裏で笑って見ているのは何故だ。男漁りなどしなくて済むようにとの配慮から、男を選んであてがってやっているのだとでも思っているのか。

それが下村なりの愛なのかと思うが、では肉欲だけ満足させて、それで初助は幸せなのかと言われると、決して幸せではない。

温かい家庭なんてものとは、無縁な人間にしたいのだろう。初助だって自分の体が女を受け付けないのは知っているし、今さら家庭なんて欲しいとも思っていない。けれど下村の配慮でそうさせられていると感じるのは嫌だった。

初助も若かった。

反抗期を知らずに育った人間が、大人になって急に反抗し始めたようなものだ。駄々をこねたこともない子供だったから、ここでまとめて駄々をこねたくなったのだろう。

初助は下村を激怒させるようなことをした。

下村の本当の息子を誘惑したのだ。

これで完全に下村とは切れると思っていた。家を返せと言われたら返すつもりだったし、金のことを言われたら借金してでも返すつもりだった。

けれど再び呼び出された茶屋で待っていた下村は、初助を見て冷たく言い放った。

「これでわしとの縁が切れるとでも思ったか。甘いな…初助」

「……家もお金も…お返しします」

「そんなものはいらん。さすが小波の息子だとでも褒めると思ったか？　少々甘い顔をしてやったらこれだ。芸人風情が図に乗るんじゃないっ」

滅多に声を荒げない下村が、珍しく大声を出している。けれど下村は痩せた初老の男だったから、どう怒りを露わにしても、男としての迫力には欠けていた。

そのせいか初助も、まだそんなに自分のしたことの重大さを感じていなかった。

下村の息子は、偉大な父親の影に怯えながら育った、典型的な良家の子弟だ。世間知らずだし、悪い遊びに手を染める勇気もなかったのだろう。あっさりと初助の手に落ちたが、何で好みでもない男をわざわざ誘惑などしたのだろう。

自分をおもちゃのように扱う、下村に対する復讐だと言えば格好はいい。

だが初助の複雑な心理の奥底には、自分の息子と私では、どっちの方がより下村に愛されているのかと測る気持ちがあったのではないか。

下村は息子をアメリカに転勤させた。そうして我が子を守ったところを見ると、どうやらやはり本物の息子の方がより愛されていたようだ。

浪江が誰の愛人にもならなかった訳が、これで初助にもよく分かった。

所詮男達にとっては、遊びでしかない。

愛情ごっこという遊びは、普通のお座敷遊びより高くつくというだけだ。

「わしをなめてかかるとどうなるか…。その体に教えてやる必要があるようだな。徹底的に仕置きをしてやれば、馬鹿な真似もしなくなるか」

下村の声の調子が戻っている。そのせいで余計に不気味に感じられた。

罵詈雑言《ばりぞうごん》を吐くような怒りは、所詮その程度でしかない。本物の怒りは、燃えさかるオレンジの炎よりも、青白い炎の方が温度は高いのと同じで、静かならより怒りが深いということだ。

「そろそろいいぞ」

下村が声をかけると、いつもの部屋の襖が開いた。そこを見て初助はあっと声を上げた。

まさかこんなものまで用意されているとは思いもしなかった。屈強な男が五人いる。彼等はもうほとんど半裸の状態で、荒縄や鞭らしきものを手にしていた。

背中に派手な彫り物がある男もいるし、顔や腕に傷のある男もいる。どの男も初助好みの色男とはほど遠い、巷ではチンピラと呼ばれているような輩《やから》ばかりだった。

「……」

初助は言葉を失った。

せめて二人なら相手も出来る。だが五人の男に回されたら、それこそ体はぼろぼろになるだろう。高座に座ることも出来なくなるかもしれない。

「御前…準備はいいですが」

何と部屋の隅には、映写機まで用意されていて、ベレー帽を被った怪しげな男が、薄笑いを浮かべて初助を見ていた。

「下村さん…」

男を手玉に取るというのは、こういう結果を呼ぶものなのか。

浪江は刺された。

そして初助は、この恥辱の結果をフィルムに残されて、生涯脅されるということなのだろうか。

「どうした初助。お前は親兄弟とでも見境なく寝るような、生まれつきの淫乱だろう。どうだ、そんなお前のために、今夜は五人も用意してやった。それでもまだ足りないか」

下村は冷たく笑いながら、いつものように猪口を口に運んだ。初助が酌をする余裕を無くしていると知ってか、わざと手酌で酒を注いでいる。その口元には、皮肉そうな笑みが浮かんでいた。

勘弁して下さい。許して下さいと、泣いて謝るべきなのか。

出来ない。

初助にも意地がある。

ここで泣き叫ぶくらいなら、最初から下村の世話になどならずにいればよかったし、愛情を試すような愚かな真似をしなければよかったのだ。

男達はにやにや笑いながら、初助を見ている。

あの見てくれの悪い男達に犯されても、初助の体は悦ぶのだろうか。悦んでしまったら、その方がずっと屈辱に感じられる。

浪江だったらどうしただろう。自ら着物を脱ぎ捨てて、さぁ、煮るなと焼くなと好きにしなと啖呵を切っただろうか。

切っただろう。そういう女だった。

では初助も母に習って、ここは潔《いさぎよ》く犯されるしかない。

その時、襖の外で低い声がした。

「失礼いたします」

すっと襖が開いて、スーツ姿の長身の男が、立ち上がることもなく膝を進めて入ってきた。

初助が最初に思ったのは、下村に見られるのはいい。カメラも許そう。五人の荒くれ男に嬲《なぶ》られるのも耐えられる。けれどこの男にだけは、凌辱の場面を見られたくないということだった。

実にいい男だった。太い眉、高い鼻梁《びりょう》。体つきはがっしりとしていて、背もかなり高いだろう。目つきは鋭く、引き締めた口元もきりりとしていて男らしい。

初助のもっとも理想とする男を前にして、辱《はずかし》めを受けるというのは、成る程、下村の演出としては最高の出来に違いない。

「御前…大変申し上げにくいのですが…これはあまりにも洒落がきつすぎます」

男は下村の前で正座し直すと、親指をきちんと畳につけて頭を下げた。

「若い衆を用意しろとの仰せでしたので、こうして五人、きっちり頭を揃えましたが、まさかこんな若い男をいたぶるとは知りませんで」

「代貸。何もあんたが心配することはないよ。これはわしと初助の問題だ。若い衆には口止め料は払う。それでいいだろう」

「…御言葉ですが、御前。博徒《ばくと》には博徒の約束があります。浅埜《あさの》組の親父が知っていて許したことなら、自分が口、はさめる問題でもありませんが、これはこの寺田が引き受けたこと。こんないたぶりのためにとは知らず、若い衆を揃えましたが」

寺田は決して顔を上げない。

初助からは、その男らしい横顔しか見えなかった。

三十も半ばになるのか、今が一番の男盛りだろう。側にいるだけで、その全身から立ち上る何ともしれない男くささに、初助は目眩《めまい》がしそうだった。

「どうか…この寺田に免じて、今夜の余興はなかったことにしていただけませんか。御前の不興を買うようでしたら、手前の指なり腹なり、かき切ってお詫びいたします」

下村はやれやれといった顔をして、煙草に火を点けた。

初助は事の思いがけない展開に、呆然とするばかりだ。寺田は初助を助けようとしている。しかも自分の指を落とすとまで言ってくれたのだ。

「御前。巷には、愚連隊だの暴力団だのと名乗る輩が徘徊しております。輪姦《まわし》はそいつらの得意技だ。うちの組では、常日頃から素人衆には迷惑をかけないよう、厳しく指導しております。そんな時にいくら雇われ仕事でも、こんな阿漕《おこぎ》ないたぶりを、自分のとこの若い衆にやらせるわけにはまいりません」

とうとうと話す寺田の言葉は、確かに筋が通っていた。

「勘違いするな。その男は代貸が思ってるような、純情なボウヤじゃない。生まれつきのすれっからしだ。五人を相手に出来るんで、むしろ悦んでるんじゃないか…」

下村が言うのに、初助は違うというように顔を上げた。

その時、初めて寺田とまともに目が合った。

眼光鋭い男だったが、初助を見た目つきはとても優しかった。何も心配しなくていいというように、目でそれとなく示す態度も頼もしい。

「ですがこりゃ、どう見ても弱い者苛めですよ。御前、金の力は確かに万能かもしれませんが、自分は若い衆には、そうじゃあないと教えたい。人には誠がなければ…。こりゃあ信義に反します」

寺田の真摯な態度に、それまでは下卑《けび》た笑いを浮かべて様子を見るだけだった男達も、居ずまいを正して座り込んでしまった。どうにもばつが悪そうに、お互いにこそこそと目配せしている。

その様子を見て下村も、さすがに鼻白んだ。

「そうか…なら代貸、若い衆は帰そう。ついでにそのカメラ、そいつも持って帰れ」

言われた男達は、慌ただしく衣服を身につけ、声も立てずに部屋を出て行った。

残ったのは下村と初助、そして寺田だけだ。

「御前…何ともお礼の申し上げようがありません。ありがとうございました」

寺田は畳の縁に頭をすりつけるようにして、土下座してみせる。

初助は自分を助けるために、何の関係もない寺田が、そこまでしてみせた態度に感動してしまって、もはや何も考えられなくなっていた。

「しかし代貸。予定していた愉しみがなくなったんだ。この無聊《ぶりょう》をどうやって埋めてくれるつもりかね」

「はい…自分で出来ることでしたら、何なりと…」

そこで初助は慌てた。下村が寺田に指の一本でも落としてみせろと言い出すのではないかと心配してしまったのだ。

けれど下村が口にしたのは、そんな残酷なことではなかった。

「だったらそこで、その男を抱いてみせろ」

「……」

寺田の驚いた様子から、初助はああこの男は、男相手にそんなことをした事など一度としてないのだなと思った。

当然かもしれない。これだけの男っぷりをしていたら、女達だってほうってはおかない。まだ遊ぶ勇気も金もない若者と違って、その気になれば女遊びはやり放題だろう。

女に不自由していない色男が、男にまで手を出すとは思えない。しかも寺田には一つ筋が通っていて、自分の配下の若者でさえあんなに大切に扱う。性欲の処理のために男の体を使うことなど、寺田には考えも付かなかった筈だ。

初助は自分が落胆しているのが分かった。

内心、下村のとんでもない思いつきに、喜んでいたかもしれない。

たとえいつもの座興でもいい。

自分のために命を張ってくれた男に、抱かれてみたかった。

「どうした、代貸。わしが見ている前で、その男を抱けと言ってるんだ。そいつにしてみれば、五人から一人に減って物足りないだろうがな」

ひっひっと変な声で下村は笑った。

この笑い声だけは、どうにも下卑ていて頂けない。浪江が下村を結局はふったのも、案外こんなところが気に入らなかったせいだろうか。

「おい、初助。いつもみたいにさっさと着物を脱いで、雌犬みたいに腰を振ってみせたらどうだ。そうすれば代貸も、少しはその気になるんじゃないか」

またもや下村は笑う。

初助は小さく頭を振ると、膝を進めていって下村の前で土下座した。

「下村さん。あたしはもう何をされても構いません。先ほどの人達では駄目というなら、他にまた誰か連れていらっしゃればいい。どんな責めでも受けますから、この方にこれ以上の無理難題はおっしゃらないでください」

どうせ下村は、初助が泣いて苦しむ姿を見たいだけだ。

それ以外に愉しみもない、寂しい老人だとでも思えばいい。肉体の苦しみなんてほんの一瞬で消えるものだ。いつか傷は癒え、凌辱の恥も忘れることが出来るだろう。

自分の保身のために、この潔い男を傷つけるのは嫌だ。

それだったら五人、いや十人に犯されてもいい。今度は初助が寺田を助ける番だった。

「初助か。いい名前だ。歌舞伎役者かい？」

「いえ…噺家です」

寺田は初助を知らない。自分ではそこそこ名の通った噺家のつもりだったが、落語にな
ど興味のない人間からしたら、全く無名の存在だろう。

けれどこれで寺田は覚えてくれた。それだけでも嬉しくて、初助は目元を朱に染めた。

「噺家にするにはもったいない器量だ。何があって御前のお怒りを買ったのか知らないが、話せば分からないお人じゃない。ここできっちりと謝っちまいな」

「はい…」

初助が頭を下げようとすると、下村は大きく首を横に振った。

「駄目だ、初助。何度頭を下げても許さん。代貸に自分の体の淫乱さを正直に教えてやれ。そうだな…代貨の体から、三発、精を搾《しぼ》り取ったら許してやろう」

下村はもう狂っているとしか考えられない。確かに下村の息子を誘惑したのは、初助もやり過ぎだっただろう。だが下村の息子だって、分別のある大人だ。妻子のある三十男が、初助に夢中になったことは責められないのだろうか。

一方的に初助だけを苦しめようと足掻くその様子から、下村が浪江に寄せた愛憎の深さが想像される。浪江の息子だというだけで、こんなに憎まれるくらいなら、いっそ下村の前で腹でも切ってやるかと思った時、寺田が初助の手をやんわりと握ってきた。

「御前がそれで機嫌を直してくださるんなら、自分は構いません。生憎と不調法で迷惑をかけるかもしれないが」

寺田の目は笑っていた。

酔っぱらいの戯言《ざれごと》を、軽く聞き流す時のような余裕が感じられる。確かに冷静な目で見れば、下村は子供のように駄々をこねているとしか思えない。下がるに下がれなくなった下村のためにも、寺田はここで受けて立つつもりになったのだ。

寺田はもうさっさと、夜具の敷かれた部屋にいってしまう。度胸の座った男なのだろう。いざとなったら、なるようになるくらいにしか考えていないようだ。

初助もそれで許してもらえるならと、素直に喜んで付き従えばいいだけだった。もう下村に見られるのなんて慣れっこになっている。いっそたまには変わった演出でもしましょうかと、言いたいくらいの余裕がある筈だ。

なのに今夜の初助は、足が震えて立てなかった。

初めて初助は、下村に見られたくないと本気で思ったのだ。この神聖な場所から、下村にだけ出て行って欲しい。穢《けが》れた目で、寺田の裸体を見て欲しくなかった。

「可哀想に…すっかり怯えちまったみたいだな。安心しな。もう恐い兄さん達は来ないから」

寺田はまた戻ってきて、優しく初助の手を引いて立たせようとした。

「駄目…」

初助は思わず叫んでいた。

「帰ってください。あたしはもうどうなってもいいんです。あなたはここで見せ物になんかなってはいけない」

「それを言うんなら、あんたも同じだよ。どういういきさつでこんなことになったかは知らないが、これに懲りたらあまり無茶はしない方がいい。さっ、三発抜いたら許してくれるそうだ。それで綺麗に終わりにしよう」

「…駄目…駄目です」

見知らぬ男に抱かれるなんて、今さら怯えるようなことではない。なのに初助は急に強い恐怖を感じて立てなくなってしまったのだ。

寺田が恐い。

なぜ恐いのかはもう分かっている。

本気で惚れてしまいそうで、初助は恐かったのだ。

「男とやったことはないが、何、どうにかなるだろう。あんたは目を瞑《つむ》ってじっとしてりゃいい。俺がどうにかしてやるから」

寺田は本当に初助のことを、何も知らない初な男だと勘違いしていたのかもしれない。

それもまた初助にとっては、恐ろしいことの一つではある。

初助は男に抱かれて悦ぶ淫乱な自分を、寺田に知られたくなかったのだ。

もっと別の場所で出会ったなら、初助は寺田に声も掛けられなかっただろう。これまで散々男を手玉にとってきていながら、今さら何をと思われそうだが、初助が自分から夢中になったことは数えるほどもない。たった一人だけだ。

まだ十歳にもならない時に憧れただけで、恋とも呼べないものだった。けれどその憧れた軍人の姿はいつまでも初助の心に影を落としていて、選ぶ男の基準にはなっていた。

寺田はその憧れの少尉にどこか似ている。体つきや見栄えのする顔立ちだけではない。何よりも似て思えるのは、弱い者に優しくしようとする心意気だった。

初助は優しくされることにだけは慣れていない。

子供時代には、偽物の優しさは与えられた。浪江の機嫌を取るためだけに、男達は初助を可愛がってはくれたのだ。だが子供心にも、嘘と真実の見分けくらいはつく。

誰が初助に、本心から優しくしてくれるというのだ。

父親かもしれない下村でさえ、これだけ酷いことをするというのに、何の見返りも求めず、むしろ我が身にとっては損なばかりなのに、なぜ寺田は初助に優しくするのか。

それは渇きに苦しむ旅人の前に、一杯だけ水を与えるようなものだろう。この後もずっと炎天下の旅は続くというのに、束の間与えられた心地よさは、果たしてその後の旅を楽なものにしてくれるのかは分からない。

「まいったな。そんなに自分…恐く見えるかね。そりゃあヤクザもんだが、安心していい。

これが終わったら、二度とあんたの前に姿を現すようなことはしないから」

「そうじゃ…ないんです」

初助は眦《まなじり》に涙が溜まっていくのを感じた。

人前で泣くなんて滅多にない。いや、泣くことすらほとんどないのに、寺田の姿を見ているだけで胸が一杯になってしまって、涙が勝手にわき上がるのだ。

「御前も残酷なことをするもんですね。これじゃあ輪姦されたら、気が狂《ふ》れちまったかもしれない。親父が世話になっている方だから、失礼なこたぁ言いたくないが、御前…芸人は人間ですよ。金でどうにでもなるおもちゃじゃないんです」

動けなくなった初助を、そっと背後から抱き抱えるようにしながら、寺田は下村を見つめて言う。本来ならそんな言葉を口に出来ない立場なのだろうが、内心の怒りが言わせてしまったのだろう。

下村はまたもや、ひゃっひゃっとおかしな笑い方をした。

「そうだな、失礼だぞ、代貸。本当なら指詰めものだよ。勇気のある男だというのは認めるが、初助を可哀想だと思うなら、さっさと抱いてやるがいい」

こうなったらもうやるしか逃げ道はない。

下村一人を殴り倒して逃げることは簡単だ。けれどその後で、どんな仕返しがあるかは想像もつかない。金と権力の前に屈するのは嫌だったが、ついに初助は立ち上がった。

「ご迷惑をかけます。ご不快な思いをさせないようにいたしますので…ほんのしばらくお相手願います」

寺田の腕の中で、その顔を見上げた瞬間、初助は胸に痛みを覚える。

「泣かなくていいから、ほら」

寺田の指が、そっと眦の涙を払ってくれた。

初助はその指を口に含む。塩辛い涙の味がした。すると初助の中に、いつもの自分が戻ってきた。

何を夢見ていたのだろう。

二度と会うこともないだろう男相手に、一瞬でも恋の夢を見た自分を初助は恥じた。

義侠心《ぎきょうしん》に燃えた寺田は、初助を助けたことで満足するだろう。抱いたことよりも、そっちの方が寺田にとっては大事なのだ。

やがて寺田は、初助と寝たことすら忘れる。テレビで偶然初助を目にした時に、ああそういえばと笑うくらいはするかもしれないが。

「こちらに…」

初助は寺田の手を引いて、布団の上に座り込んだ。そして慣れた様子で寺田のスーツの上着に手を添えた。

夢なら夢で、愉しむしかない。初助は今だけ本気で、寺田に抱かれようと思った。

「背中を見ても怖がらないでくれ」

上着を脱がせた後に、白いワイシャツも脱がせる。すると真っ白な晒《さら》しで半ば隠れた、見事な彫り物が顔を覗かせた。

唐獅子に牡丹だ。

初助は愛しげに、その彫り物の獅子の顔を指でなぞった。

「綺麗だ…」

「ああ、見事だろ。ついでにこっちも見てみな」

寺田はするすると晒しを解いていって、隠されていた部分を初助に見せた。そこには銀と書かれた将棋の駒があった。

「俺は銀治郎ってんだ。ヤクザもんがこうやって彫り物するのはな。首無し死体になった時でも、すぐに誰か分かるようにだよ」

「嫌だ…縁起でもない」

「だが本当の話さ」

覚悟は出来ているのか、寺田はズボンも脱いだ。それを受け取った初助は、皺にならないように丁寧に畳む。その様子を見ていた寺田は笑った。

「ママゴトの夫婦みてぇだ。おかしいな」

「……」

ママゴトでもいいと初助は笑った。

もう下村の姿も目に入らない。嘘でもいいからこの狭い一室で、寺田の女房役をやっていたかった。

高座では何度もやっている。特に初助が得意なのは『垂乳根《たらちね》』だ。漢学者の娘が、長屋の八五郎のところに嫁に来る噺だった。やたら丁寧な言葉遣いの新妻だが、器量よしの上に庶民の八五郎に対して愛がある。そこが気に入っていた。

「あーら、我が君。あーーら、我が君」

突然初助は、『垂乳根』の一節で語りかけていた。

「何だい、それは」

「落語の『垂乳根』ですよ。いつかね、お時間があれば、寄席にもお寄りくださいまし。あたしの得意な演目なんです」

初助は靴下まで脱がせてやり、最後には晒しを綺麗に解き、下着も畳んで部屋の隅に重ねた。

さて寺田は裸になった。実に見事な裸体だった。初助は羽織を脱ぎ、帯を解く。そして着物を脱ぎ捨てると、襦袢だけになった。

電気を消す。そして布団に入る前に、畳に三つ指ついて頭を下げた。

「ふつつか者でございますが」

寺田はその言葉に愉しそうに笑った。

二人とももう下村のことなど綺麗に忘れていた。いつもなら別室からこっそり覗く下村が、今日は相変わらず隣室で酒を呷っているのに、全く気にもかけなかったのだ。

「やり方に決まりとかあるのかい」

並んで横たわった初助に、寺田は困った顔で訊いてくる。

「あたしがみんなやってさしあげます。じっと横になっていらしてください」

「男同士を絡ませて、見ているだけが愉しいのか？　俺には金持ちの考えることはよく分からねぇな。金のためとはいえ、毎回、こんなことまでさせられて辛くないか」

寺田は初助の腕をそっとさすった。

金だけが目当てでやっているんじゃない。下村がもしかしたら父親かと思うから、こんなことまでしてでも繋がりが欲しかったと言ったら、寺田は分かってくれるだろうか。

いや、分からない。

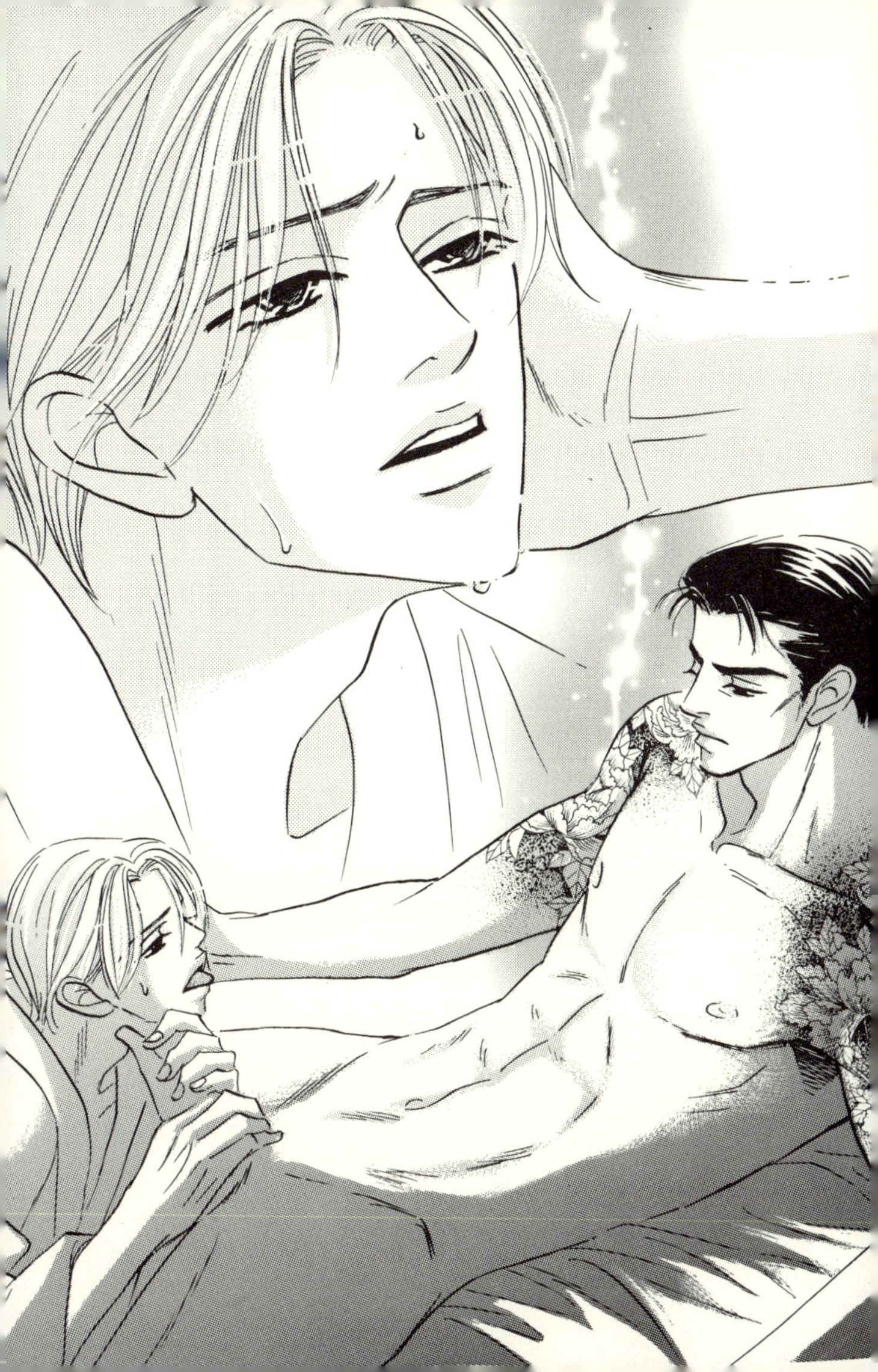

これはもう初助と下村だけの、愛憎のゲームなのだ。

「ご不快でしたら、言ってください」

初助はそういうと、口をすぼめて寺田のものを含んだ。

技には自信がある。たいがいの男は、初助の口に包まれたら堅さを増した。この技で何人も男を手玉にとったが、今夜はただ技巧に走るより、真心をもって奉仕したかった。

「そんなことはしなくっていい」

驚いたことに寺田は、初助の顔をそっと押し戻した。気持ちがよくなかったのだろうかと、おどおどしながら初助は寺田を見る。

「あんたが自分の口を汚すことはない。悪いがあっちを向いてくれ。やっぱり男のものを見ちまうと、その気になれなくてな」

横を向かせると、寺田はそっと初助の襦袢を剥いだ。そのまま横を向かせて初助の足を揃えさせると、寺田は後ろから股の間に自分のものを差し入れてきた。

「御前の位置からじゃ、どうせ見えやしない。じっとしてな」

初助がその名の通り初《うぶ》な男だと、寺田は勘違いしたままなのか。それとも男の中になんて入れたくないせいで、股を代用して済ませようとしているのか。どちらとも分からない。

だがこれが寺田なりの思いやりだというのはよく分かる。

項《うなじ》に寺田の息がかかった。初助の襦袢で巧みに繋がっている筈の部分を隠し、寺田は必死になって体を動かしている。

男を売りにしているヤクザの代貸が、いくら親分が世話になっている関係とはいえ、見知らぬ男を抱いている場面など見られるのは死ぬほどの屈辱だろう。なのに寺田は忠実に体を動かし、何としても果てて役目を全《まっと》うしようとしていた。

初助は腰に回された寺田の手を握った。

寺田の優しさが、そして思いやりが、初助を泣かせていた。

入り口の近くや、蟻の戸渡りと呼ばれる部分を刺激され続けている。いつもならここで入れて欲しくて狂ったようになるだろう。けれど今夜は全くそんな気持ちになれない。

体は燃えないくせに、心は静かに燃えていた。

どこの部分も繋がってはいないのに、寺田と心底相愛のような淡い夢がふつふつと浮かび、そして消えていく。

「んっ…んんっ、んっ」

低く呻いて、寺田は自分のものを抜き取る。どうにか首尾を果たせたのだろう。足の間に粘つく液体がこびりついていた。

「後、二回だな。少し、休ませてくれ」

「飲み物を持ってきましょうか？　煙草は？」

「ああ、煙草がいいな」

　初助は見苦しさを感じさせない優雅な動作で、体から汚れをぬぐい去る。そして襦袢を肩からかけると、静かに動いて灰皿を引き寄せた。

「花魁《おいらん》ってのは、あんたみたいなのを言うのかね。俺はよく知らないんだが」

　寺田は感心した様子で、煙草に火を点けてから差し出す初助を見た。

「さぁ…あたしも実物を見たことはないですよ」

「何て名前だ…初助だったか…」

「はい」

　煙草を受け取ると、寺田は布団の上に起きあがる。そしてうまそうに吸いながら、初助を見つめて言った。

「俺は特攻隊の生き残りさ。戦闘機が直前にエンジントラブルを起こして、一人だけ取り残された。整備兵と必死になって直そうとしたが、そうしているうちに終戦になっちまったんだ」

「……よかったじゃないですか」

「よかった？　そうだな、よかったのかもしれないが。初助みたいな年頃の男達が、何人も死んだのを見ている。有り余った金で、人の心を弄ぶような輩が生き残ってるのにな。不平等だと思わないか？」

　寺田はそれとなく下村を非難した。さすがに下村も気が付いただろう。

「自分の手では何もしないで、弱い者に恥をかかせて嘲笑う。男としてもっとも卑劣な行為だ。まだ真剣を手にして斬りかかってくるやつらの方が潔い。本物の男はみんな死んじまって、残ったのは滓《かす》ばかりの世の中か…。寂しいね」

　がたっと音がした。

　どうやら下村は、ものも言わずに席を立ったらしい。荒々しい足音が遠ざかっていく。寺田はおもむろに足音の方を向くと、ふんっと小さく鼻を鳴らした。

「寺田さん。あたしのことを心配してくだすったのは嬉しいですが、これではお立場が悪くなります」

　初助は本気で心配した。けれど寺田はその男らしい顔に、魅力的な笑みを浮かべるばかりだ。

「戻ったら叱られることになりませんか」

「心配することはない。とうに死んでいた人間だ。斬られようが撃たれようが、今さら恐くもない。それより自分のことを考えな。俺がうまく話をつけてやるから、もう二度とこ

「んな馬鹿な真似をするんじゃない」

　下村が戻って来ないと知ると、寺田は立ち上がり着替えようとする。その背中を初助は、胸が締め付けられるような思いで見つめていた。

結局寺田は、初助を抱かなかったのだ。

なのに初助の心は狂おしいほど波だって、幾度も抱かれた後のように体はぐったりしていた。

寺田は器用に腹に晒しを巻いていく。幾重にも巻かれていく白布は、肌着代わりにただ巻かれているのではない。いざという時、刃物の攻撃から腹部を守る役目もする。

終戦から十五年、平和になった筈の世の中で、スーツの下にそんなものを巻かないといけない男の背中には、晒しで覆いきれない唐獅子が吠えていた。

初助はそこに思わず頬を寄せる。

ズボンのファスナーをあげていた寺田の手が止まった。

「…初助…間違っても俺になんか惚れるな」

「……どうして……」

「ヤクザは所詮ヤクザだからさ。落語か…これまで一度もまともに聞いた試しがなかったが、今度聞いてみるか…。精進して、いい噺家になんな」

「はい……」

寺田に惚れるなという方が無理だろう。

女房、子供もいるだろうし、それこそ愛人志願の女は山ほどいるだろう。舎弟が何人もいて、その中には初助以上に寺田に心酔している男だっているかもしれない。それらの人間をすべて押しのけて、自分だけを見てくれなんて到底無理な話だ。

明日にはもう道ですれ違っても、挨拶さえも返してくれない相手だと分かっているのに、初助は燃え上がった寺田への想いを、その場で綺麗に消してしまうことがどうしても出来なかった。

その後、下村からの呼び出しはなかったが、それで生活に困るようなことはもうなかった。

真打ちになってからは稼ぎも安定してきた。二十代の真打ちなどまずいない時代だ。初助はどこの高座でも引っ張りだこで、昼夜と掛け持ちすることも多かった。

忙しさに紛れて、何もかも忘れてしまえればいい。

そう思っても、寺田の姿はいつまでも心の中から消えなかった。

街を歩いていても、つい似たような背格好の男に目がいってしまう。荒《すさ》んだ雰囲気の若者達が集まっていれば、その会話の中に寺田の名前が出ないかと聞き耳を立てていた。

一人の男を想うのは、こんなに辛いものだったのかと思い知らされる。

どんなに焦がれても、手に入らないのだけははっきりしている。諦めるのが一番楽な方法なのに、実物が側にいないだけ勝手にイメージは膨らんで、初助は今や恋に恋している、どうしようもない状態に陥っていた。

いっそあの場で、辱めを受けた方がずっと楽だった。

そう思ってから初助は、もしかしたらとまた考える。

下村はあの場面で、絶対に寺田が出てくると予想していたのではないか。そして初助が寺田に本気で惚れるとも読んでいただろう。

これは下村の復讐だ。またもや二重、三重と鎖を絡めて、下村は初助を苦しめている。まんまと下村の作戦に乗せられたのだ。

下村は心根の歪んだ男だ。ずるい生き方の得意な男でもある。大戦中を無傷で生き残り、その後の復興の勢いに乗って巨万の富を築いているが、かなり悪どいこともしているだろう。そのせいで心の中に巣喰った闇を払拭《ふっしょく》するために、かつて自分が愛した女の息子を利用しているのだ。

たとえヤクザに身を落としても、寺田のように心根の真っ直ぐな男では気が付かない。成就しない恋の苦しみを味わわせるために、あんな演出をしたなどと、誰に想像がつくだろう。

初助だけは分かる。

下村は自分の息子に初助が与えた苦しみと、そっくり同じ苦しみを味わわせるために、厳選した男、寺田を呼び寄せたのだ。

苦しみのうちに二月《ふたつき》が過ぎた。年の瀬から新年の賑わいも過ぎ、どこか静かな二月になっていた。

「重くなるとも持つ手は二人…傘に…降れ降れ…夜の雪…」

初助は都々逸《どどいつ》を口ずさみながら、降り始めた雪を番傘で凌ぎながら歩く。片手に抱えているのは三味線で、お師匠さんのところで稽古の帰りだった。

「二の字、二の字の下駄の跡…」

振り返ると白くなった道に、歩幅も同じ下駄の跡が続いている。

「いや、ありゃあ、はだよ。二足す二はの、は。イコールともいう…。だからははは、はははの下駄の跡…」

明日の高座の枕に使おうかと、ぶつぶつ言いながら歩いた。

すると道の端に、三人の男が一人の長身の男を取り囲んでいる場面が見えた。

「あれは…」

寝ては夢。起きては現、幻のだ。恋という病は、時に幻覚をも引き起こすらしい。

寺田が仕切る浅埜組の縄張りは、浅草から深川一帯だとは知っている。だがここは深川でも住宅地で、寺田にとって用があるような場所には思えなかった。

それとも自宅があるのだろうか。

これは全くの偶然だ。挨拶をするくらいなら不自然ではない。初助は逸《はや》る気持ちを抑えて、自然な歩調で近づいていった。

するとどうも様子がおかしいことに気が付いた。寺田を取り巻いている男はてっきり舎弟なのかと思っていたが、どうやら違うらしい。

寺田は長いキャメルのコートを着ていて、襟には焦げ茶のマフラーを巻いている。いかにも伊達男《だておとこ》といったスタイルで、少し伸びた髪をオールバックにしていた。

銀幕のスターと呼ばれてもおかしくないほど様になった姿だったが、寺田はマフラーを引き抜くと、ぎりぎりと右手に巻いている。腹に巻く晒しと一緒だ。刃物からの攻撃を避けるための知恵だった。

男の一人が手にした短刀が、寺田に向かって突き入れられる。

危ないと叫ぶ間もなかったが、寺田は巧みに最初の一撃を避けて、その男の腕を小脇に抱えてひねり上げた。そうして手を側の電柱に打ち付けて、短刀を叩き落とそうとしている。

そうしているうちにも、他の二人が寺田を狙っていた。一人の突き刺した短刀が、寺田の左腕を切り裂く。

それを見た瞬間、初助は走り出していた。

浪江が刺された時、どうして黙って立ち尽くしていたのだろう。最初の一撃だけだったら、あるいは浪江も助かったかもしれない。

自分の身が大事だったのか。

それとも内心、浪江の死を願っていたせいなのか。

後悔なんてするもんかと、あれから十年過ぎた今も思っている。

だがここで寺田を助けなかったら、一生後悔はついて回るだろう。

初助は傘を捨てた。

日傘を捨てた浪江のように。

そして何よりも大切にしていた三味線の包みを持ち上げて、寺田を狙うもう一人の男の頭上に振り下ろしていた。

お師匠さん、ごめんなさいと心の中で謝る。

このお三味線はね、初さん。戦争を生き抜いた貴重品だよ。そういって初助に、破格の値段で譲ってくれた逸品だ。

それが男の頭にぶつかった途端、どよんと変な音をさせたかと思うと、ぱっと鮮血が路上に散った。

「あいてててっ、野郎、何しやがるっ」

「お黙りっ！」

初助は続けてその男の顔面に、再び三味線をぶち当てていた。額に続けて、今度は鼻に当たったのだろう。またもや新たな鮮血が飛び散った。

寺田の方はというと、捕まえた男の腕を離さず、巧みに盾代わりにしてもう一人の攻撃を交わしていた。そのうち何を間違ったのか、短刀を手にした男は仲間の脇腹を刺してしまった。

こうなるともう何が何だか分からない。パニックを起こした男達は、寺田を狙うという当初の目的を忘れて、慌てて逃げ出していった。

「手が…」

何万するかも分からない、高価なキャメルのコートはぱっくりと開き、鮮血が滲んでいる。

「コートを脱いで。上着も…シャツの上から、止血《しけつ》だけでもしますから」

初助は懐《ふところ》から手拭いを取りだして、寺田のコートを脱がせようとした。

「ありゃあ三味線だろ。いいのか…」

「いいんですよ、安物だから」

またもやお師匠さんに頭を下げながら、初助は寺田の腕の傷を診《み》た。

コートが厚かったのが幸いしたのだろう。傷はそれほど深くない。出血があったが、初助はきつく手拭いで縛って応急処置をした。

「いや、行くほどの怪我じゃねぇ。この程度じゃかすり傷だ」

「いけませんよ、ちゃんと消毒しなくちゃ」

血で汚れた上着をまた着せかけながら、初助はまだ心臓がどきどきしているのを感じた。自分らしくない活劇を演じたせいなのか、それとも久しぶりに寺田にあったせいなのか、心臓はいつまで待っても平常に戻りそうにない。

「お近くに、お知り合いでもいらっしゃるんですか？　だったらそちらで後の処置は…」

住宅地といっても、芸者や訳ありそうな女性の独り暮らしの家があるような場所だ。今夜の華やいだ装いから見たら、誰かの家に行く途中なんだと思える。

初助はコートの袖についた血を、素早く自分の着物の袖でこすって、目立たないようにしてやった。

「いきなりこんなの見たら、ねぇさんも驚くでしょう」

寺田を出迎える女が、血を見た瞬間に感じる痛みを初助は想像する。

そして嫉妬した。

「これで五分だな」

今度は寺田が、手にしたマフラーで初助の髪に積もった雪を払いながら言った。

初助を助けたことが、これでおあいこということなのだろう。

「初助、助けてもらったついでといっちゃ何だが、ちょいと隠してくれないか」

「隠す？　…どちらかにお出かけなんでしょう」

「どうやらはめられたらしい。下手に動いて、犬死にはしたくねぇや」

寺田は周囲に視線を巡らせながら、大股で歩いていって初助が捨てた傘を拾った。

「初助の家はどっちだ？　俺が転がり込んだらまずいのか」

「いいえ…いいえっ」

夢なら醒めるなと初助は願う。

初助は震える腕で、壊れた三味線の包みを抱き締めた。

「よく降りやがる」

番傘がすっと差し掛けられた。

「重くなるとも持つ手は二人…傘に…降れ降れ…夜の雪…」

初助はまた都々逸を口にする。

寺田はそれには何も答えず、痛まない方の腕で傘を持ち、初助が濡れないように引き寄せていた。

長火鉢に炭を足した。程よく火がおこると、鉄瓶からもやもやと湯気が上がる。

「熱燗《あつかん》といきたいところだけれど、傷に障《さわ》ります。渋茶で我慢してくださいよ」

初助は忙しい。寺田の傷の手当てをしてやった。真っ白な包帯も痛々しい寺田に、自分の着物の中では一番大きそうなものを着せてやる。そうして今度は汚れたコートを綺麗にしてやろうとしたら、寺田が呆れたように言った。

「少しはじっとしてろよ。そんなことは明日、うちの若い衆にやらせるから」

「だって…」

何かをしていないと落ち着かない。

寺田はこれまでの男達とは違う。初助と二人きりになった途端、獣性を剝き出しにして襲ってきたりはしない。

自分を性欲の対象として見ない男と二人きりでいて、いったい何をすればいいのだ。初助の方は寺田に抱かれたくて気が狂いそうだというのに。

「俺のことはほっといていいから、やりたいことがあるんならやりな」

「いえ…」

静かな夜だった。思ったより雪は激しく降り出して、耳を澄ませばさらさらと降り積もる音すら聞こえてきそうだ。

このまま屋根近くまで堆《うずたか》く積もって、いっそ家に閉じこめられてしまいたいと初助は思った。

寺田と二人、閉ざされた家の中にいる。

それだけで満足しよう。

抱いてくれとは決して言ってはいけない。

「痛むようでしたら鎮痛剤を。お風呂は…明日の朝にしましょう。おなかは空いてませんか」

「こらっ、女房じゃないんだから、そんな気遣いはするな」

「はい、でしたら『垂乳根』を聞かせてさしあげますよ。ラジオでも聴いてると思えば、うるさくもありゃしない」

ふいと思いつきで。初助は座布団を寺田から少し離れた場所に置くと、仮の高座として噺を始めた。

こんなことでもしていれば、自分の気持ちをごまかせる。自分は何があっても噺家だ。寺田の女房になることはあり得ないが、山九亭初助が噺家であることだけは確かなのだ。

噺を始めたら、その世界に逃げていける。初助は八五郎であり、新妻でもあり、世話焼きの叔父さんでもあるのだ。

だが『垂乳根』を選んだのは失敗だった。噺が短い。すぐに終わりになってしまう。どうせなら大長編の講談でもやってやろうかと、噺を下げてから丁寧に頭を下げ、再び顔を上げた初助が言おうとしたら、ひどく真面目な顔つきの寺田と目が合ってしまった。

「すみません…お一人でいたかったでしょうか」

寺田はよく知りもしない初助の家に隠れないといけないほど、困った事情があったのだろう。なのにしつこく纏わり付いて、考え事をさせる時間も与えなかった。

初助は反省し、部屋を出て行こうとしたが、またもや寺田に呼び止められた。

「今度はどこへ行くんだよ。そんなに俺が恐いのか」

「恐いなんて…とんでもない…」

「だったら、じっとしてろ。今のは面白かった。うまいもんだ、感心したよ」

「……」

寺田は煙草を吸いながら、初助が座るべき座布団を自分の方に引き寄せる。

「奥様…心配してませんか。電話でしたら…玄関にあります」

「奥様なんてもんはいないよ。女房やガキを人質に取られたりしたら、俺は耐えられない。

しがらみはない方が生きやすい」

罪な男だと、初助は寺田を恨《うら》んだ。

女房はいない。女を口説く時の、男のテクニックそのままだ。たとえ本当は女房がいても、自分に気のあるような相手の前では、独身のふりをする。嘘をついているのに違いないと思った。

初助はそこで、大きくため息をついた。

いつから自分はこんなに女々しくなってしまったのだろう。寺田が何をどう言おうと、女にしか興味のない男だ。初助が男である以上、この先、何も始まらない。さっさと諦めればいいのに、寺田の言葉一つで一喜一憂している。

「おかしなもんだな。初助が男だってのは分かってるんだが、さっきからじっと見てると、何だか可愛く見えて仕方がねぇ…」

寺田は笑った。

照れたような笑いだった。

「女だったらよかったのにとも思ったが、そりゃ失礼な言い方だ。男なのに妙な色気がある。だからこそ初助なんだろうな」

「寺田さんっ！」

初助は思わず、手近にあった扇子で強く畳を叩いていた。

「んっ…」

「惚れるなって言ったのはあなたですっ。なのに今になってそんな舞い上がるような言葉を口にしないでくださいっ」

自分でも恥ずかしくなるほど激しく興奮していたのだろう。三味線に次いで、今度は扇子がぽきりと折れていた。

「あっ…」

寺田はおかしそうに笑っている。初助は自棄になって、壊れた扇子を開いてみせる。福の字だけが書かれた扇子は大きく曲がっていて、字も歪んでいた。

「悪かった…新しいのを買ってやろう。どんな柄がいい?」

いつの間にか寺田の体は、初助のすぐ後ろに迫っていた。壊れた扇子を覗きこむようなふりをして、それとなく初助との距離を測っているように思える。

「扇子なんて…いいんです。こんなものは…いつだって買えるから…」

ファンに貰った、たくさんの扇子がある。好みのものは少ないから、あまり取り出すこともないけれど、箪笥の引き出しに山ほどあった。

だから扇子はいらないのだ。

本当に欲しいものはただ一つ。

「抱いて…くれませんか。あたしは寺田さんが思ってるような、初な男じゃありません。もう何人もの男と寝た…。そういう体なんです。そんな体では嫌ですか…」

振り向きながら、ついに初助は想いのたけを口にした。

雪が世界を覆い尽くすといい。

そうして二人はここから出られなくなり、愛し合うしかすることがなくなる。

そんな虚しい夢を、初助は心に思い描いた。

庭木の枝から、ばさっと積もった雪が落ちる。その後にはまたさらさらと、粉雪の降り積もる音ばかりだ。

「初助に惚れたらどうなる？　辛いだけか」

寺田は初助の肩に手を置き、ぐっと抱き寄せながら呟いた。

「いいえ…、いいえ…あなたも本気になってくれるなら…真《まこと》を貫きます」

「そんなに思い詰めるな…。雪と一緒だ。降るだけ降って、積もるだけ積もったら、後は綺麗に消えていく。そんなもんでもいいんなら…」

ついに寺田は初助の唇を塞《ふさ》いだ。

ここには下村の視線はない。

誰もいないのだ。

自分の信じるままに、想いのたけをぶつけても構わない。いつか雪が解けるように、お互いの想いがかき消えても、この夜の思い出だけは美しいまま残るだろう。

畳の上に、二人して倒れた。

鉄瓶は今頃になってしゅんしゅんと怒ったように湯気を上げている。だがそんなものに構っている暇はない。初助は電灯に照らされているのも構わず、自ら着物の帯を解いていく。

「何で今になって、あたしの相手をしてくれる気になったんです」

「傘で殴ればいいものを、大切な三味線なんかで殴るようなやつだからさ」

初助は笑った。あの時は夢中で何が何だか分からなかった。だがよく考えてみたら、傘で殴っても同じようなものだったろう。

「下手でも笑うな。俺は慣れてない」

「いいんです、あなたさえその気になってくれるのなら」

怪我の腕が痛いだろうと、初助は寺田を畳の上に横たえた。そしてほとんど合わさる部分もないほどにきつそうな着物をはだけてやって、まずその胸板に唇を這わせた。

逞しい胸板から上腕の半分まで、牡丹の花が彫り込んである。

「綺麗だけど…何でここまで」

　初助は青の線を指先でなぞった。

「二度と堅気に戻れないようにさ。自分への戒《いまし》めだ」

　この人は死に急いでいると初助は感じた。寺田は特攻隊員の生き残りであることを、未だに恥として生きているのだ。

「死に急いだりしても無駄ですよ。だって命は、生まれた時から長さが決まっているんですから」

　優しく寺田の体を撫でていく。男の体に性感帯が少ないというのは嘘だと、初助は実体験から知っていた。どうしても男は視覚で興奮すると捕えられがちだが、こうして丁寧に体を触られていくと、素直に悦びの反応を示し始める。

「腕…痛みませんか」

「ん…痛みにゃ慣れてる。それよりおかしなもんだ。もう元気になってきたぜ」

「そうでしょ…男だってね。するばっかりじゃないんです。されるのも気持ちいいもんですよ」

「あの時に抱いてやればよかったのか…」

「いいえ。下村さんの前で、あなたにだけは抱かれたくありませんでした」

初助の言葉の意味を、寺田は分かってくれただろうか。

ゆっくりと舌を下半身に向けておろしていく。襦袢が開いて、初助の痩せた体が露わになっていくが、今夜は見られることにもう抵抗はなかった。

寺田のものを口に含む。この間はすぐに顔を引き離されてしまって、充分な快感を与えてあげることも出来なかった。今夜は好きなだけ、寺田を愉しませてあげられるのだ。

「御前はどうしてあんたを抱かないいんだろう…」

初助の髪を弄《いじ》りながら、寺田は天井を見つめて呟く。

「おかしなもんだ。女でもこんなにうまいやつはそういない。色気もあるし…風情がある。この愉しみを知っているんなら、溺れちまうだろうに」

「畜生道には堕ちたくないいんでしょう」

喉奥まで呑み込んでいたのを引き抜いて、初助は微笑みながら言った。続けて体をずらしていって、寺田に負担をかけないように気を使いながら上に乗る。

「畜生道?」

「下村さんは…あたしの母親、浮船亭小波の情人《いろ》でしたから。もしかしたら父親かもしれないんです」

「何だってっ」

「駄目…こんな時には、何も考えないで」

巧みに自分の中に導きながら、初助はゆっくりと息をして、その部分の緊張を解《ほぐ》していく。

「父親かもしれないのに、あんな酷い真似を」

「父親だからするんですよ。父親だから…あたしも許すんです」

世間の親子がするような、温かい愛情の交流が出来ないから、あんな危ないことをする。寺田をあてがったことで、もう下村は初助に興味をなくしただろうか。呼び出されることもなくなった。

真実の恋に苦しむ息子の姿を見たいとまでは思わないのが、いかにも下村らしい。下村は初助が寺田を手に入れたと知ったら、どう思うだろう。苦しめるために引き合わせたのに、初助はこうして苦しみから解放されている。

「んっ…どう、どうですか」

「んんっ…いい感じだ」

「もっとよくしてあげるから」

初助はゆっくりと腰を動かし始める。舞を舞うように、上半身はあまり大きく動かさずに、下半身だけを巧みに動かした。

そのうちに初助の方がよくなってきてしまう。目を閉じて、うっとりとしながら体をゆすっているうちに、興奮したものがふるふると震えて寺田の体に当たった。

「ああ…ああっ、こんなもの見たくないでしょ。お願いです…目を…閉じていて」

「平気さ。見たからって、俺が萎《な》えてないのが証拠だ。遠慮するな。初助ももっと愉しめ」

「あっ…」

じわじわと快感が背筋を這い上がっていく。初助は喉を反らして、小さく首を左右に振り始めた。思いきり強く、自分の感じる場所に寺田のものを打ち付ける。

「もうすぐ…ああっ、すぐだから…あっ、ああっ、許して」

寺田の体を汚すまいとして、必死になって自分のものを手で押さえた。

よかった、寺田を汚さずに済んだとほっとした瞬間、初助の体は畳の上に下ろされていた。

「何もかもそっちにやらせるのは、俺の主義に反する。今度はこっちから愉しませてもらうよ」

「手が…ああっ、手が」

自分の汚れた手が呪わしい。

寺田の血の滲んだ腕が痛ましい。

譫言のように叫んだが、寺田は取り合ってはくれなかった。

初助はまたもや奥深くに入ってくる寺田を感じながら、我を忘れて興奮していた。いった筈なのにまだ物足りない。もっともっとと体は疼いて、いつか汚れた手のことも気にならなくなってくる。

「ああっ、あああっ、あっ」

「そんなにいいもんなのか」

「あんっ、ああっ」

「……俺も……いいよ」

寺田は包み込むようにして初助を抱いた。初助は汚れた手のままで、寺田の体を強く抱く。

死んでもいいと思う瞬間はそうないが、この一瞬、初助は本気で今なら死んでもいいと思っていた。

雪は玄関先にまで降り積もり、格子戸が開かなくなっていた。初助は真昼のように白い玄関の格子戸のガラスを見ながら、幸福に頬を染める。天が自分のために雪を降らせて、入り口を凍らせてくれたように思えたのだ。

寝間着の上に丹前を羽織って、台所に入った。最近では滅多にしないが、自分で米を研《と》いで炊飯器に入れる。

「なるほどね。こりゃ便利だ」

後はスイッチを入れるだけの電気炊飯器を見つめて、初助はぼんやりとだが時代の変化を予想した。

いずれ落語の世界は、現実の世界から大きく乖離《かいり》していくのだろう。長屋の人情だとか、吉原の情景なんて、見たことも聞いたこともない人達が増えていくのだ。

それでも寄席は残るのだろうか。

「先のことなんて、もうどうでもいいさ。昔のことも…どうでもいい」

恋しい男が、同じ屋根の下で寝ている。それは何て幸せなことだろう。

それに比べたら、形も見えない未来のことで悩むなんて、何だか馬鹿馬鹿しくなってくる。

「どれ、おみそ汁でも作ってあげようかね。これっ、そこな商人。一文字草《いちもんじそう》を朝餉《あさげ》の汁の実に買い求めるゆえ、我が君が住まいの門前に、畏まって控えおれ」

またもや『垂乳根』の一節を口にしながら、初助は煮干しを入れた鍋をガスコンロに置いた。葱《ねぎ》を刻んでいると、がたがたと雨戸を開く音がする。

寺田が起き出したのだろう。

「いやぁ、よく降ったもんだ」

太陽はもうかなりの高さに上がっていて、真っ白な雪をきらきらと輝かせていた。通りから耳慣れない音がするのは、近隣の住民が慣れない雪かきをしているのだろう。

「どれ、雪かきでもしてくるか」

寺田は出て行こうとする。

初助は慌てて追いすがった。

「銀さん…駄目ですよ。雪かきなんてしないで…」

背中に縋り付いて、初助は必死になって言った。

寺田さんと呼んでいたのが、一晩で銀さんになった。けれどもう何年も前からそう呼んでいたような気がする。

「雪かきしておかないと、家から出るのに不便だろ。腕なら心配しなくていい。手当がうまかったんだろう。もうほとんど痛まないから」

「違うんです…。出なくていいから…誰もここに来られなくてもいいから…だから、自然に消えてしまうまであのままで」

「安心しろ。雪が無くなっても、ここにもうしばらくいるだろうし…出て行っても、また戻ってくるから」

　初助は首を振る。それは嘘だと無言で抗議したのだ。

「ずっといてやる事は出来ないが、たまにぶらっと寄るよ。それじゃ駄目なのか」

「それでもいいです。約束ですよ。約束しちまったから、待ってますからね」

「ああ…待ってろ。どれ、雪かきしてやる。俺は新潟の生まれでね。雪かきは得意なんだ」

　寺田はそう言うと、高級なスーツのズボンを履き、初助のセーターを借りた姿で外に出て行った。

　どこからかシャベルを借りてくると、慣れた様子で雪を掻く。どうやら愉しんでいるようで、初助が食事の支度をしているわずかの間に、門の脇には小さいながらも雪だるまが拵《こしら》えられていた。

　顔を真っ赤に上気させながら、愉しそうに雪だるまの顔を作っている様子を見て、初助の眦は下がる。

　男は皆、どこか子供じみたところを持っているものだが、寺田ほどの色男にもそんなところのあるのが可愛い。

「去年の今夜は知らないどうし。今年の今夜は…うちの人」

都々逸を口ずさむ初助の口元には、何ともしれない笑みが浮かぶ。

目を閉じ、体でゆっくり調子を取りながら、初助はもう一度、同じ都々逸を口にした。

これまで一度も味わったことのなかった、温かいものが初助を包む。

それを愛と呼ぶのだが、初助はまだよく知らないままだった。

五年の間、寺田との関係はつかず離れずで続いた。その間初助は、他の男と寝るようなことはしなかった。

浅埜組の組長はすっかり体が弱り、跡目を寺田に譲ろうとしていたが、時代はそれを許さなかった。

博徒の時代は終わったのだ。暴力団と呼ばれることが多くなり、警察の取締も強化されてきた。そして組織間の抗争は激しくなり、ついに寺田も逮捕されてしまった。

抗争時に六人を殺したことになっている。実際に寺田が何人を殺したのかは分からない。だが代貸という役割が、組長を逮捕させないための最終防波堤であるのだから、寺田は逮捕から逃れるわけにはいかなかったのだ。

どういうわけかまた夏だ。小菅《こすげ》の拘置所に面会に行った初助は、手拭いで額の汗を拭いながら、雪だるまのことを思い出す。目につかった消し炭が、雪が溶けて出来た水たまりを黒くしていた。それを目にした時の哀しみが、ふつふつと蘇る。

「銀さん…いるもんがあるんなら」

面会室で会った寺田は、思ったよりも元気そうだ。怪我をしていたが、本来体が丈夫なのか、弱っているようには見えない。

「すぐに用意しますから。とりあえずはおあしが入り用ですか」

寺田が逮捕された時、他にも主要な幹部の何人かが逮捕されていた。組長は持病が悪化して入院してしまい、若い衆には抗争で死んだ人間もいる。

もはや誰も寺田のために、細々としたことをしてやれる人間はいなかった。

「…初助、最初に言ったとおりになったな。悪かった。俺が手を出したばかりに迷惑かけちまって」

「迷惑？　何が迷惑なんです。あたしは迷惑だなんて、ちっとも思ってませんよ」

初助は扇《おうぎ》を出して、パタパタと寺田を煽いでやった。

いつぞや壊した扇子の代わりにと、寺田が買ってくれたものだ。なぜか舞に使う派手な扇で、牡丹の絵柄が描かれている。

「よく見たらこれ…獅子がいない。銀さんが帰ってきたら、隅っこにちょこっと獅子でも描き入れようかな」

ひらひらと扇を揺すりながら、初助は寂しく笑う。

「前橋に収監が決まった。刑期は多分二十年近くになるだろう。初助、いろいろとありがとう。もう俺のことは綺麗さっぱり忘れて、面白おかしく生きてくれ」

「……」

寺田はひどく生真面目そうな顔つきになっている。職員が側に控えているからだけではないだろう。根が真面目なのだ。

本来はヤクザになるような人間ではなかったのだ。時代が時代だったら、素晴らしい軍人とか警察職員になって、いい働きをした男だったのかもしれない。

「もう会いには来てくれなくてもいい。組が解散するとしても、舎弟のうちの一人や二人は、俺のための使い走りっくらいはしてくれるだろうから」

「駄目ですよ…駄目。せめて会いに来るくらいは許してくれなくちゃ…」

「いや…初助は人気稼業だ。つまらないところで、噂になってもよくない。忘れて生きることは、大切な処世術だ。愉しかったことだけいい思い出にして、これからは二度と俺に近づくな」

拘置所の窓から、生ぬるい風が吹き込む。

初助は顔を窓に向けて、見える筈もない風を捜した。

「風はいいねぇ、どこでも出入り自由だから。どんな高い塀だって、すんなり越えて忍び込める。いっそ…風になりたいもんだ」

自宅の縁先には、つい先日寺田が持ち帰った、赤くてまん丸なガラスの風鈴が吊ってある。主《あるじ》がいなくても、今頃はこの風を受けてちりちりとやかましく鳴っていることだろう。

寺田は初助の横顔を見つめて、ため息をついていた。

物思う初助の姿は実に美しい。その腕に抱いて眺めていても、心を乱れさせるような姿なのに、今の寺田は初助の手を握ることも叶わないのだ。

「正直言って、お前と間近で会うのは辛い。夜、夢の中に忍び込まれてそうでな」

「そうですね…あたしは…どうやら男にとっちゃ、喰い合わせの悪い魔物らしいから」

「そんないじけた言い方をするな。俺はいくらでも初助に会える。ラジオやテレビで、その芸を聞くことは出来るんだから、それだけでいい」

初助には分かっている。

寺田は自分の気持ちをすべて捨て、初助を自由にしてやろうと考えているのだ。そんな思いやりが分かれば分かるほど、初助も意地になっていく。

「銀さんはそれでもいいんだろうが、あたしはいやだ。こんな呪われた体だけど、一応男ですからね。意地もありゃあ、見栄もある。待つのは勝手でしょ。その間、浮気もしないなんて殊勝な約束までは出来ないけど…どこまで本気か、いずれ見せてあげますよ」

「初助…」

「夏やせと人には答えてほろりと涙、捨てられましたと言えもせず…」

初助はか細い声だが名調子で、またもや都々逸を口ずさむ。

「誰がそう簡単に捨てられるもんか。もう邪魔者は誰もいないしね。銀さんは…あたしだけのもんだ。そう…やっとあたしだけのもんになったんだから」

泣き顔は見せたくない。初助は扇ですっと顔を隠した。

次に扇を閉じた時には、もういつもの取り澄ました笑顔になっていた。

寺田は黙って頭を下げる。

その目には、うっすらと光るものがあった。

「銀さんって言う人はね。前橋刑務所の大スターでしたよ。いやぁ、実に男っぷりのいい人でね。誰にでも優しいし、頭もいい。揉め事がある度に、みんなが銀さんを頼ってましたぜ」

頭の上で響く言葉に、要は顔を上げた。どうやらテーブルに俯せになって眠っていたらしい。顔におかしな跡がついていた。

「ふぁっ……」

定まらない視点がやっと落ち着いてきて、まず目に入ったのは見知らぬ男だった。

「あれ？　寝てた」

背筋を伸ばすと、辺りを窺う。そういえば浅草の路上にテーブルを出した店で、飲んでいたんだと思い出す。

「風呂に入ると、嫌でもあの彫り物と、見事な体が目に入ってね。あっしはそっちの気はまったくねぇんだけど、何かもうもやもやしちまって、思わず目を背けたくなるような色気があってね」

喋っているのは殿村とかいう男だろう。どの店ももう仕舞い支度をしていて、残っている客の姿もまばらだった。殿村も仕事を終えたのか、寒也に勧められるまま相席してビールを飲んでいる。

「あんこって呼ばれてる…その気のある連中はもう大騒ぎでしたよ。どうにかして銀さんと同室になって、隣の布団に寝たいなんてさ、もう恐いくらいで。あっしは七年も同室だったからね、恨まれたもんだ」

どうやら初助といろいろとあった寺田のことが、今の話題の中心らしい。要は奥で働いているねぇさん連中に、掠れた声で頼んでいた。

「水…水をくれーーっ。塩ぶっかけられた蛞蝓《なめくじ》みてぇなんだ」

「よく寝てたな、蛞蝓野郎」

あれからずっと飲んでいただろうに、寒也は全く酔った様子がない。要はむっとして、その足を軽く蹴った。

「俺が寝てる間に、何、話してたんだよ」

「師匠が身元引受人になった男の話さ」

「ああ…あれか」

要の脳裏に、再び台所の夫婦茶碗が過《よ》ぎった。

「初助師匠が慰問に来た夜はね。銀さんはいつも長い手紙を書いてた。師匠のファンだったんですかね。感想のお手紙ってやつかな。銀さんが出所した後、一度上野で偶然会ったことがあるんですよ。その時、初助師匠が横にいたから、ああ、売れっ子なのに、ムショ帰りのファンとも話してくれる人なのかと感心したもんだ」

あまり長時間飲みすぎたせいか、一色の顔は青白くなっている。けれど酔いは醒めたのか、熱心に殿村の話を聞いていた。

一色の目の前の灰皿は、下手をすれば焚き火が出来そうなほどの吸い殻が溜まっている。それだけ時間が経過したのだろう。

「要。そろそろ閉店だ。今夜は誰の奢りだ」

「寒ちゃん」

「何でっ」

「勝手についてきたのはてめぇだ。払うもんくらい払いやがれ」

「まだ酔ったふりしやがって、可愛くねぇ」

それでも寒也は席を立ち、要に水をくれたねぇさんに、おあいそしてよと言っていた。

「ああ、こんな話しか出来なくてすいませんでしたね」

殿村も座っていた椅子から立ち上がる。電気を消し始めた店もあって、辺りは急に寒々とした夜の情景になっていた。

「銀さんは最後、前橋から八王子の医療刑務所に移されてったっけ。昔、彫り物をいれたやつにはね。肝臓をやられるのが多かったから、多分ありゃ肝臓をやられてたね」

「八王子の医療刑務所ですか」

　一色はもうノートも何もかもバッグに仕舞っていた。取材はとうに放棄したのだろうか。要は水をぐっと呷ると、確かめるように一色を見つめた。

「模範囚だったし、病気にもなっちまったからね。刑期が大分縮んだでしょう。出てからどうなったかまで、あっしもよく知らないもんで。それじゃ、これで」

　殿村はテーブルの上のコップや灰皿を片付け始める。そこで今夜のインタビューは、すべて終了となったようだ。

　三人は飲み疲れた体で、ふらふらと歩き出す。

「一色さんはもう書かないってよ」

　途中経過を知らない要に、寒也はいきなり切り出した。

「師匠の本は諦めたそうだ」

「そうか…そりゃあいいや。師匠の呪い勝ちだな」

　要は一色の腕を摑み、小さく頭を下げた。

「もうその本を書かないんなら、一色さん。写真、俺にくれませんか。師匠の法事やら何やらやるのは俺だ。息子みたいなもんだからさ」

「いいですよ。本当にいろいろおありだったみたいですね。こりゃあ私なんかの筆じゃ、おっつく題材じゃあありません」

一色はバッグの中から、初助の写真を取りだして要に手渡した。

「下村会長とも結局は親子の名乗りもせずに、付かず離れずで、会長が亡くなるまで続いていたんですね。あまりにも複雑だし、やはり五和グループの名誉会長だ。どこから圧力が来るか分からないし」

「そうだよ。会長も…師匠にはめろめろだったの。あの人は、初助師匠って人は、男をたらすのは日本一だったからな」

あっさりと寒也は初助の秘密を暴露《ばくろ》している。この野郎、俺が寝てる間に何もかも喋りやがったなと、要が悔しがってももう遅い。

「感謝師匠、いろいろとありがとうございました。本にはならなくても、好奇心は満たされました。また何かお仕事で、ライターが必要になるようでしたらいつでも声をかけてください」

一色はそう挨拶すると、地下鉄の最終に乗るために走り出す。後ろ姿をぼんやりと見送った要は、あの長い髪をすっぱり切れば、もう少し見栄えのする男だろうにと意味もなく考えていた。

「タクシー捕まえるぞ」

寒也はもう手を上げている。乗り込んだ途端に、要は自宅ではなく、とんでもない場所を運転手に告げていた。

「おい、何で今頃師匠の家になんて」

「んっ…まぁな」

初助は遺言で、家の名義はすべて要に変えていた。結構な相続税を支払わされたが、それに見合う資産価値はある。建物はもうあまりに古すぎて何の価値もなかったが、土地は広いし、場所もよかった。

さっさと取り壊してしまって、マンションの一つも建てたら、要も大儲けだろう。けれど要は初助の死後一年以上過ぎても、まだそのままにしていた。

「いやだな。誰もいない家の中から、三味線の音でも聞こえてみろよ。俺はね、一生、お前を恨むよっ」

「ああ、恨め。師匠が化けて出て来たら、稽古つけてもらうんだから。そういえば『怪談・牡丹灯籠』なんて、一度っきゃ稽古つけてくれなかったぜ」

「よせよーっ」

意外に怖がりの寒也は、タクシーの中で悲鳴を上げていた。

庭があれ放題になったりはしていない。寒也も何だかんだと言いながら、初助の家の庭の手入れくらいは無償でしていた。

玄関の鍵を開くと、格子戸は変わらずからからと音立ててすんなりと開く。

要はこの家に寺田がいる時に、立て付けの悪いものはすべて直してしまったのを思い出す。襖の滑りがあまりによすぎて、一人で開け閉めして遊んでいたら、庭先にいた寺田に笑われたのだ。

何とも優しい、魅力的な笑顔の男だった。

初助が特定の男を作らなかったのも、あれなら無理もないと思った。あの男以上に本気になれそうな相手は、そうそういなかったのだろう。

「電気元も切らないで、無駄じゃねぇか」

ぼっと灯った電灯を見て、寒也は口にする。けれど電気だけではない。箪笥から何から、要は何一つとして初助のものを始末出来ずにいた。

「たまには風を入れてやんないとな」

雨戸を開き、生ぬるい夜風を入れた。

その時要は、寺田がいなくなった数日後、初助とこの部屋で話していた情景をまざまざと思い出してしまった。

しばらく俺が居候してもいいですかと、要は訊いた。すると初助は言ったのだ。

『余計な心配はしなくていい。寂しいのにはなれてるよ』と。

その後で初助は、いきなり顔を覆って泣き出した。

後にも先にも、初助のそんな泣き顔を見たのは一度きりだから、よく覚えている。

「自分の真を証明するために、刑務所の慰問までやっちまうんだから、やっぱり師匠はただもんじゃねぇや」

毎年、暑い時期の前橋慰問。

初助は夏の涼風となってみせた。恋しい男の前に姿を見せる方法を、初助は噺家なりに考えたのだ。

「今頃はあっちの世界で、仲良く夫婦茶碗で飯でも食ってるかな」

初助の食器棚に目をやりながら、要が感慨深く言うと、寒也は大げさに首を横にふった。

「いや、きっと大変なことになってるぜ。みんな自分が間夫気取りでな。師匠のとこには大勢男が押しかけてきてるよ。どうやって捌いてんだろうな」

「くじ引き？　ジャンケン？」

その時、ちりんと風鈴が鳴った。

寒也は驚いてヒーッと叫ぶ。要はおかしそうに笑いながら、軒先に吊されたままだった、赤いガラス製の風鈴を見つめた。

秋になると初助は、忘れずに風鈴を箱に入れて大切そうに仕舞っていた。仕舞い忘れた今年は、台風に曝され、春の強風にも曝されていただろう。なのに風鈴は砕けることもなく、風を受けて今も鳴っている。

吹きすぎる風は、時のようだ。気が付けばはるか彼方に行きすぎてしまう。

昭和という時代の風は、とうに要達の周りから消えてしまい、新しい風がなぜか今、古びた風鈴を鳴らしていた。

『おあとが…』

最後まで読んでいただきありがとうございます。

『座布団』をクリスタル文庫から出していただいてからはや何年、忘れられかけた頃にまたもや続編でございます。

前作をご存じない方にも、愉しんでいただけたなら幸いです。

ですが、さすがに落語家という特殊な世界。ボーイズのお約束とはかけ離れていて、読者様には分かりづらい部分がありましたら、私の筆のいたらなさゆえと、大変申し訳なく思っております。


出版にいたる事情など、本来読者様にお伝えするべきことではないかとも思いますが、何で今頃またこのシリーズをと疑問をお持ちの読者様に、一言言い訳を。

実はこの一連の落語家シリーズ、当初は小説ジュネ誌に掲載されておりました。最初の『子別れ』までは小説ジュネに掲載させていただけたのですが、最後の『花扇』の方は、私の方には準備がしてあったのですが、残念ながら掲載の予定はすぐにはいただけなかったのです。

心残りのままに数年が過ぎ、そのうちに小説ジュネの方から、再度掲載のお話をいただきました。けれどちょうど仕事が超絶多忙な時期と重なり、残念ながら掲載を諦めた次第です。

そうこうしているうちに、小説ジュネも休刊となってしまいました。

今回、新たにまたクリスタル文庫で出していただける運びとなり、関係各位様には感謝に堪えません。

続きをとお待ち下さった読者様。満足と安堵を味わっていただけたなら幸いです。


私としても、この作品に登場するキャラクターには特別愛着があります。

彼等は私と同じように昭和の時代を生き、そして現在にもまだ昭和の息吹を体内に色濃く残して生きているからでしょう。

僭越な書き方ですが、未来を描くのはお若い方の仕事だと思います。私のようなある程度の年齢にいたったものにも、当然次代をリードする役目もあるでしょうが、大切な仕事の一つは、古きよきものの姿を伝えることだと思っております。

稚拙な作品ではありますが、この作品をお読みになった方が、古典落語という日本独自の話芸の世界に興味を持っていただけたなら嬉しいです。

笑いあり、涙あり、人情があれば色恋もあり、騙すやつに騙されるやつ。短い時間の話の中に、人間模様を凝縮した落語の世界は、私のような末席の物書きにとっても、とてもよい勉強材料になります。

一昔前の日本人がどのように生きていたか、高見から見たような難しい文章ではなく、易しい言葉で語られる落語の世界で、タイムスリップした境地で愉しんでください。

しかし…初助師匠は、どんな声であの粋な都々逸を口ずさむのでしょう。

残念ながら小説には音がないので、初助がぼそっと口ずさむ都々逸の名調子まではお伝えできません。三味線の音色にのって、しんみりと謡われる都々逸も、もし何かの機会がありましたら、聴いてみてくださると嬉しいです。

ご多忙のところ、イラストをお願いいたしました山田ユギ様。前作に引き続きありがとうございました。ユギ様の描いてくださった初助師匠は、末代までの家宝とさせていただきます。

編集部の小澤様。いろいろと無理を通していただき、深く感謝いたしております。

そして読者様。このようなマニアックな作品を、待っていて下さった皆様に深く感謝するとともに、これを出させていただける幸福を、私自身が一番の喜びとし、励みにもしておりましたことをお伝えしておきます。
ありがとうございました。

剛　しいら拝

クリスタル文庫

落語家シリーズ
花（はなおうぎ）扇　C－86

著　者	剛《ごお》　しいら
発行者	深見悦司
発行所	成美堂出版
印　刷	大盛印刷株式会社
製　本	株式会社越後堂製本

ISBN4-415-08870-8

クリスタル文庫

吉原理恵子
●間の楔Ⅰ 帰って来た男
●間の楔Ⅱ 命 動
●間の楔Ⅲ 刻 印
イラスト 道原かつみ

桜木知沙子
●ストロベリーハウスフォーエバー
イラスト 山田ユギ

北川とも
●心地の良い場所
イラスト 白雪りる

あまねこうたろう
●開幕ベルは恋の合図
イラスト 汞 りょう

水壬楓子
●ミッション
イラスト 道原かつみ

岩本 薫
●微熱のシーズン
イラスト 海老原由里

遠野春日
●MISTY BLUE
イラスト 門地かおり

神奈木智
●恋の棲む場所
イラスト 円陣闇丸

ふゆの仁子
●逃走経路―夢のあとに
イラスト 山田ユギ

奈波はるか
●さよならはいわない
イラスト 紋南 晴

谷崎 泉
●エスケープ
イラスト 如月七生